死ぬまでに
一度は訪ねたい
東京の文学館

増山かおり

TOKYO
BUNGAKUKAN
MAP 60

X-Knowledge

CONTENTS

本書の見方

▶ 見どころ　▶ ジャンル

NOVEL
新宿区立 漱石山房記念館
POINT
» 書斎「漱石山房」の再現
漱石の蔵書の背表紙までリアルに再現した書斎は圧巻
» 初版本・原稿・書簡などを展示
直筆の草稿を含む肉筆資料も収蔵、通常・特別展で公開される
» 作品を楽しめるカフェや公園
漱石ゆかりのメニューや「猫」が眠る公園で心なごむひとときを
生誕150年を迎えた夏目漱石の記念館
『吾輩は猫である』で作家生活をスタートし、「近代文学の父」として愛される夏目漱石。『三四郎』や『こゝろ』、未完となった『明暗』などを執筆した家「漱石山房」の跡地に建てられたのがこの記念館です。
同館の前には、漱石山房のシンボルであったバショウが植えられています。光あふれる展示室には、「食」「植物」などの切り口から漱石の人間性にスポットをあてた展示が。作品を読んだことのない人にも親しみやすく、モノクロームの漱石の人物像が色あざやかに浮かび上がってきます。続く漱石山房再現展示では、文机から本の背表紙に至るまで忠実に書斎を再現。「木曜会」と呼ばれる集まりでは、芥川龍之介などの門下生がこの山房を訪れました。ひとたび足を踏み入れれば、自分も「木曜会」のメンバーになった気分に。空に見立てた展示室の天井は、黄昏時にはオレンジ色に染まり、漱石の住んだ街がガラス戸の外に広がります。
明治40年、漱石はこの地にあった貸家に移り住んだ。隣接する漱石公園には、漱石の銅像も
県立神奈川近代文学館と東北大学附属図書館の協力で再現された書斎は、写真撮影も可能
007　Chapter 1
006

▶ アイコン

- 無料で入館できます※1※2
- 施設内にカフェ等の飲食スペースが併設されています
- 図録以外のグッズを販売しています
- 本を読むことができるライブラリーが併設されています
- 撮影可能なスポット・資料があります※3
- 学芸員やボランティアスタッフによるガイド、または音声ガイドがあります※4

※1：無料で閲覧できる資料がある場合も含みます
※2：一部の施設では、別途資料の閲覧料などが発生することがあります
※3：撮影の際は各施設の指示に従ってください
※4：不定期、予約制の場合も含みます

注意
本誌掲載の情報・展示内容は2018年7～8月取材時のものです。本誌では基本的に8%の税込み価格を表記しています。紹介されているグッズ、カフェメニュー等は施設の都合や季節により変更になる場合があります。また、入館料は基本的に大人一般の料金を記載しており、シニア・団体料金等は省略しています。記載されている定休日以外にも、展示替えや作品保護のための臨時休館や夏季・冬季・年末年始等の休みがあります。最新の開館時間・休館日・料金・アクセス方法等につきましては、各施設へお問い合わせください。

CHAPTER

1

1人の作家と
じっくり向き合う

NOVEL

新宿区立 漱石山房記念館

POINT

» 書斎「漱石山房」の再現

漱石の蔵書の背表紙までリアルに再現した書斎は圧巻

» 初版本・原稿・書簡などを展示

直筆の草稿を含む肉筆資料も収蔵、通常・特別展で公開される

» 作品を楽しめるカフェや公園

漱石ゆかりのメニューや「猫」が眠る公園で心なごむひとときを

生誕150年を迎えた夏目漱石の記念館

『吾輩は猫である』で作家生活をスタートし、「近代文学の父」として愛される夏目漱石。『三四郎』や『こゝろ』、未完となった『明暗』などを執筆した家「漱石山房」の跡地に建てられたのがこの記念館です。

　同館の前には、漱石山房のシンボルであったバショウが植えられています。光あふれる展示室には、「食」「植物」などの切り口から漱石の人間性にスポットをあてた展示が。作品を読んだことのない人にも親しみやすく、モノクロームの漱石の人物像が色あざやかに浮かび上がってきます。続く漱石山房再現展示では、文机から本の背表紙に至るまで忠実に書斎を再現。「木曜会」と呼ばれる集まりでは、芥川龍之介などの門下生がこの山房を訪れました。ひとたび足を踏み入れれば、自分も「木曜会」のメンバーになった気分に。空に見立てた展示室の天井は、黄昏時にはオレンジ色に染まり、漱石の住んだ街がガラス戸の外に広がります。

明治40年、漱石はこの地にあった貸家に移り住んだ。隣接する漱石公園には、漱石の銅像も

県立神奈川近代文学館と東北大学附属図書館の協力で再現された書斎は、写真撮影も可能

1階の導入展示と、漱石作品が読めるカフェスペースは無料で開放。公園や図書館のように気軽に立ち寄れる

時代ごとに作品をたどる2階「漱石の作品世界」より。初版『吾輩は猫である』の上・中・下編も収蔵

教師を経てスタートした漱石の作家人生

『坊っちゃん』にも描かれた教師生活や、文部省の命によるイギリス留学を経て作家となった漱石。2階「漱石の作品世界」では、わずか12年の執筆期間に残された美しい初版本や自筆の草稿などを展示。みずから装丁を手掛けた『こゝろ』などからは、美術への鋭い視線も感じます。

江戸時代最後の年となった慶応3（1867）年、現在の新宿区喜久井町に産声をあげ、49年の生涯を閉じた地も新宿区である縁から、新宿区との関わりを示す資料も多く展示されます。漱石が歩んだこの地で漱石の人生を知れば、国語の授業では魅力を感じられなかった人も、きっと次の1冊を手に取ってみたくなるはずです。

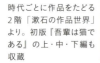

「CAFE SOSEKI」では作品を読みながら漱石が愛した和菓子店「空也」のもなかセット（648円）などが楽しめる

隣地の漱石公園には『吾輩は猫である』モデルの飼い猫が供養されている。本当に名前はなく「猫」と呼んでいた

ファン垂涎の漱石山房原稿用箋のメモ帳（各300円）のほか、しおり（各270円）などキュートなグッズも豊富

DATA

東京都新宿区早稲田南町7
03-3205-0209
漱石公園／4～9月 8:00～19:00
10～3月 8:00～18:00
記念館／10:00～18:00（入館は17:30まで）
ブックカフェ／10:00～17:30（17:00LO）
休 月曜（祝日の場合は翌平日）
¥ 300円（小・中学生100円 ※土日祝等は無料）※特別展等開催時は変動
東京メトロ東西線
「早稲田」駅より徒歩10分

COLUMN ‖ 「漱石」の名前の由来

漱石の本名は「金之助」ですが、ペンネームは中国の古典『晋書《しんじょ》』からとられたもの。実は、帝国大学（現・東京大学）時代からの友人・正岡子規もかつて使っていたペンネームのひとつでした。英文学のイメージが強い漱石ですが、漢文にも非常に豊かな才能を持ち、書簡にも筆文字のものが多く残されています。

NOVEL

文京区立 森鷗外記念館

POINT

» 留学先のドイツを思わせる建築

職人の手による外壁や高い天井を生かした厳かな建物

» 幅広い活動を伝える時系列の展示

小説家や軍医の他にも幅広い活躍ぶりを知ることができる

» 人間味あふれる資料の数々

家庭人「森林太郎」としての素顔を伝える資料も

鷗外の幅広い活動を力強く伝える

軍医という経歴や、教科書に載る作品が古文調の『舞姫』や安楽死の問題にもふれた『高瀬舟』であったりすることから、森鷗外には近寄りがたいイメージを持つ人も多いかもしれません。けれども、明治25年から亡くなる大正11年までの30年間を過ごした鷗外の邸宅「観潮楼《かんちょうろう》」跡地に建つこの文学館は、そんなイメージを大きく塗り替えてくれます。

鷗外の文体を象徴するようなどっしりとした扉が厳かに開くと、エントランスには鷗外のレリーフ、地下の導入展示室には胸像が。続く展示室には、鷗外の肖像をあしらったバナーとともに、直筆原稿や几帳面さがうかがえる講義ノート、留学先で手にした私物などの資料が時系列で展示されています。

翻訳家や文芸評論家としての活躍や、衛生学者としての都市計画への提言、帝室博物館総長としての仕事など、文豪の名にとどまらない幅広い活動を知れば、近寄りがたさよりもむしろ力強さを感じるでしょう。

展示室。命日となった7月には、鷗外の遺書が、複製ではなく実物で展示される

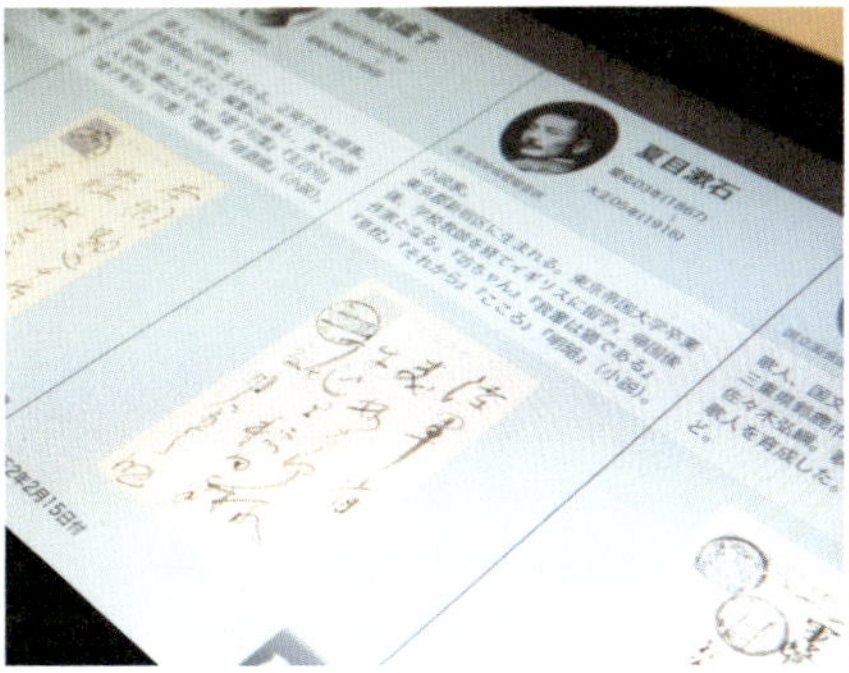

タッチパネルでは、原稿や書簡を見ることができる。実物展示と違ってはがきの裏表が読めるのもうれしい

訪れる人を迎える導入展示室の大きな鷗外胸像。その後ろには留学時代のノートなどの映像が流れる

明治時代と思えないほどの先進性を見せた鷗外

一方で、鷗外の持つあたたかな眼差しも垣間見えます。それが顕著に表れているのが、家族との関わりを伝える資料です。5人の子どもに外国風の名前をつけ、出張先から毎日のようにはがきを送り、教科書まで手作りするなど、家庭人・鷗外の姿を伝える資料に思わず頬が緩みます。

また、ドイツ留学で得た、世界を視野に入れた公平な姿勢は、文学評論の端々にも表れています。留学後、近代人としての立ち位置に悩み続けた夏目漱石に対し、鷗外は留学によって得たものを、自信をもってのびのびと発揮したように見えます。展示を観終えたあと、カフェでゆっくりページをめくれば、そんな鷗外の先進性も浮かび上がるはずです。

ドイツの路地裏をイメージした細い廊下やコンクリート打ちっぱなしの壁、天井が高く開放的な空間が印象的

上／鷗外作品を読みながら過ごせる「モリキネカフェ」。
鷗外とほぼ同級生、樹齢150年のイチョウの木も見える
下／ドイツの朝食をイメージした「モリキネプレート」
（500円）に、ほろにがアイスコーヒーをプラス

鷗外が絵付けした陶器やオリジナルロゴをあしらったマルチクリーナー（各450円）、クリアファイル（各400円）

COLUMN || 鷗外が出入りした玄関

正面入口から見て左奥、「モリキネカフェ」に面したもうひとつの入口は、「観潮楼」の玄関があった場所。当時はここから東京湾まで見渡せたのだそう。今では海の代わりに、スカイツリーが目を楽しませてくれます。鷗外が家を出る時に毎朝眺めていた風景を想像しながら、たたずんでみるのもおすすめです。

DATA

東京都文京区千駄木1-23-4
03-3824-5511
10:00～18:00（入館は17:30まで）
カフェ／10:30～17:30（17:00LO）
休 第4火曜（祝日の場合は翌平日）
¥ 300円（中学生以下無料）
※特別展等開催時は変動
東京メトロ千代田線
「千駄木」駅より徒歩5分

NOVEL

太宰治文学サロン

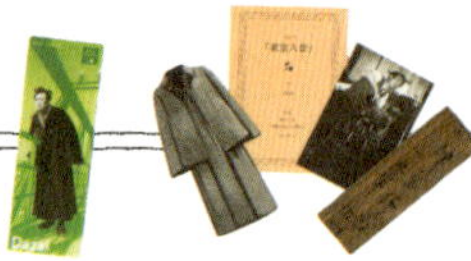

POINT

» 直筆原稿や当時の単行本を展示

ユニークな企画にあわせて、当時の空気を感じさせる資料を公開

» 愛用品などゆかりの品々

火鉢や三鷹の家の表札といった私物も数点展示される

» 街を深く知るガイドと語り合う

三鷹在住のガイドボランティアによる解説あり

太宰が最期を過ごした街で魅力を語り合うひとときを

未完となった小説『グッド・バイ』を遺し、三鷹に流れる玉川上水で最期を遂げた太宰治。『人間失格』などにみられる、自虐の中ににじむユーモアや、人の心を代弁するような一文ともに昭和を駆け抜けました。破滅的な生き方の一方で、『走れメロス』や『津軽』などでは、人間の善き心も描いてみせた太宰。このサロンでは、彼が晩年を過ごした三鷹の地で見たものや、直筆原稿（複製）などの資料に出会えます。来館者を迎える写真は、太宰と同時期に三鷹に住み「婦人公論」などで活躍した写真家、田村茂氏によるもの。太宰は行きつけの料亭など街の数カ所に仕事場を借りており、三鷹そのものが太宰の書斎だったのです。

地元のボランティアの方々と協働で営まれる同館では、そんな三鷹の街に住むガイドの方から、太宰ゆかりの地などについて貴重なお話をうかがうことができます。話が盛り上がるあまり、サロンを飛び出し街に繰り出すこともあるとか。

田村茂氏が撮影した、三鷹駅の跨線橋にたたずむ太宰のタペストリーが訪れる人を迎える

家の模型には子供たちと縁側でくつろぐ太宰の姿が。ゆかりの地を紹介する写真にもその姿が見られる

朝日新聞で連載した『グッド・バイ』原稿（複製）。修正箇所を網掛けで丁寧に消すのが太宰の癖だったという

企画展示では三鷹時代に関する資料や新資料を公開するほか、作品の魅力や創作の秘密に迫る展示を行う

穏やかな筆跡に感じる ひそやかな息づかい

原稿用紙に書かれた万年筆の文字は読みやすく、彼の文章の特徴でもある独特な読点の打ち方が、活字以上に太宰の呼吸を感じさせてくれます。太宰は、自著の装丁にはあまり恵まれなかったと漏らしていたそうですが、そんな言葉とは裏腹に、単行本の美しい装丁も見どころのひとつです。先輩のような存在だった林芙美子や、東京藝術大学で教授を務めた小磯良平が表紙絵を手掛けたりと、同時代を生きた作家との交流もうかがえます。

『人間失格』や『ヴィヨンの妻』などの代表作は、三鷹時代に書かれたもの。太宰が生きた街と人に触れれば、没後70年を経た今でも、新しく見えてくるものがあるはずです。

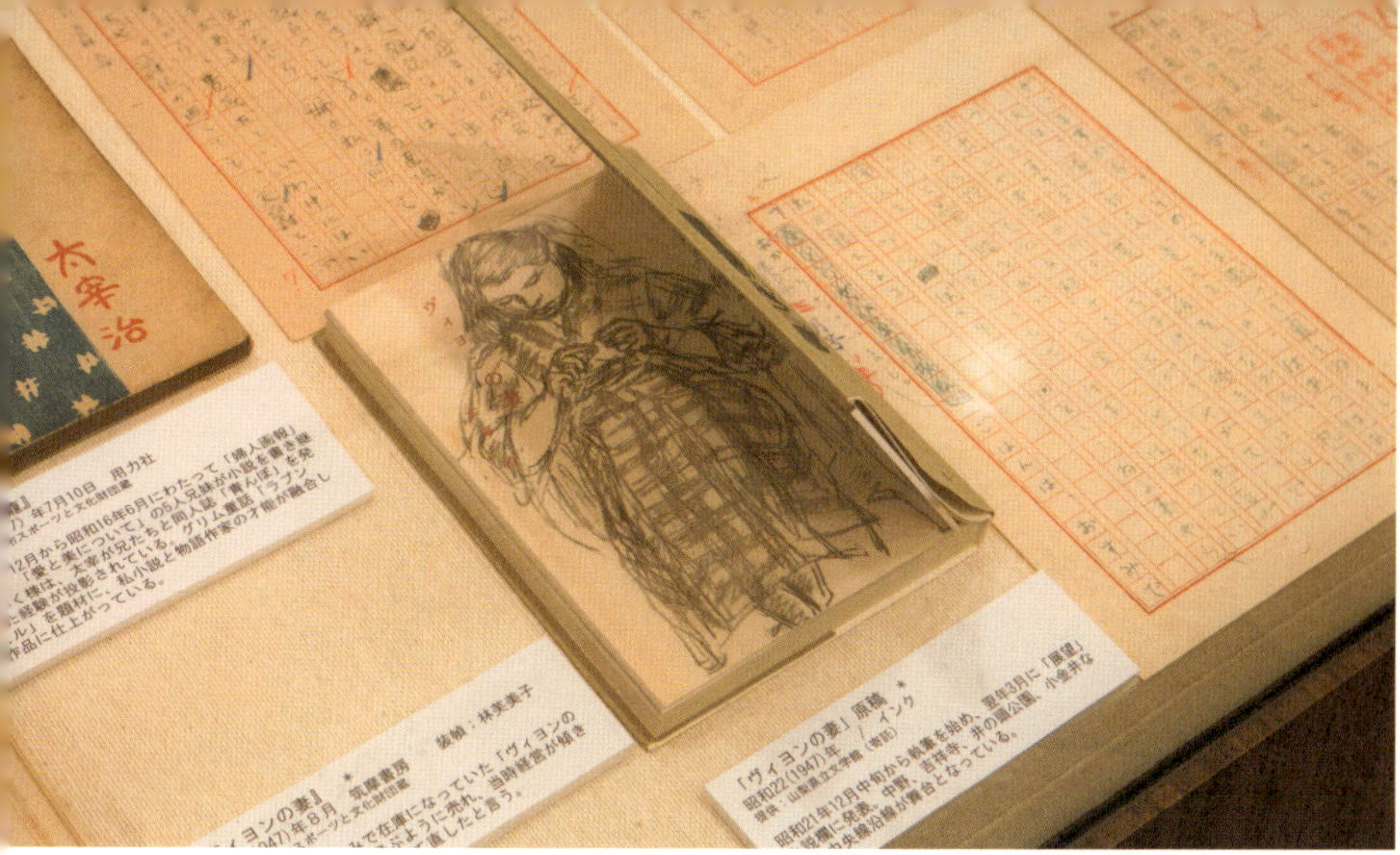

中野・吉祥寺など中央線沿線を舞台とした『ヴィヨンの妻』。林芙美子が装丁と挿絵を手掛けた

愛用の火鉢のほか、名言が刻まれた鉛筆「太宰のことば鉛筆」（各100円）などのグッズにも興奮

太宰の苦しみと決意が印象的に描かれた『東京八景』などの単行本。三鷹の自宅から見える夕陽のシーンも

COLUMN ‖ 太宰ゆかりの地をめぐろう

サロンが建っている場所は、太宰が通った酒屋『伊勢元』があった場所。太宰の作品『十二月八日』にもその店名が登場します。三鷹の街にはこうしたゆかりの地を示す案内板が点在しています。少し歩けば、太宰が眠る禅林寺も。向かいには太宰が敬愛した森鷗外のお墓もあります。足をのばして文学散歩を楽しんでみては。

DATA

東京都三鷹市下連雀3-16-14
グランジャルダン三鷹1階
0422-26-9150
10:00～17:30
休 月曜（祝日の場合は翌火および水曜）
¥ 無料
JR中央・総武線「三鷹」駅より
徒歩3分

NOVEL

旧江戸川乱歩邸（立教大学大衆文化研究センター）

POINT

» 乱歩が30年暮らした家と庭を公開

玄関や応接間のほか、井戸などがある敷地も幅広く公開

» 著書・原稿・私物などの資料

玄関や居住スペースを展示室とし数カ所に分け展示を行っている

» 蔵書を管理したミステリアスな土蔵

蔵書を収めた土蔵の内部がガラス越しに見られる

引っ越し魔・乱歩が選んだ最後の家を公開

『怪人二十面相』や『人間椅子』など、多数の探偵・怪奇小説を世に送り出した江戸川乱歩。70歳で亡くなるまでの約30年を暮らした家が、現在文学館として公開されています。40回以上も引っ越しを重ねた乱歩が終の住処として選んだのは、乱歩作品そのものの、土蔵のついた邸宅でした。門に現在も残されている、本名「平井太郎」の表札を見ただけでもファンは興奮を抑えきれません。

洋館部分は昭和32年に増築されたもので、ガラス越しに応接間の中を眺めることができます。この部屋には、横溝正史ら探偵作家クラブのメンバーもたびたび訪れ、会話を交わしたのだそう。華美な装飾はないものの、青いソファや、イギリス・ジャコビアン風の特注机などに、乱歩の美的センスが垣間見えます。隣の展示室では単行本や直筆原稿（複製）、眼鏡や帽子などの愛用品を展示。乱歩が撮影した8㎜フィルム映像で動く乱歩の姿を見ることもできます。

乱歩の肖像画が掛けられた応接間

単行本や愛用品などのミニ展示は年1～2回展示替えを行う。展示室ではグッズを購入することもできる

乱歩も気に入っていたという玄関へのアプローチ。今でも乱歩が住んでいそうなムードがある

玄関先も展示室のひとつ。怪奇・幻想の世界を描き乱歩を敬愛した夢野久作から贈られた博多人形を展示

こよなく愛した土蔵は まるで乱歩の脳内のよう

本館以上にファンの心を震わせるのは、謎めいた空気が漂う土蔵です。2万冊に及ぶ書籍は、本の判型にあわせて自作した木箱や筆文字のインデックスで整理され、整然と並べられた様を入口から覗き込むことができます。一時は土蔵内に書斎を設けていた頃もあり、入口から見て右手前の位置に、机を設置していたのだそう。いったい、どの作品がそこで書かれたのだろうと想像が膨らみます。執筆に必要な犯罪心理学の書籍が手に届く位置にあったという話にも興奮。ガラスの向こうには谷崎潤一郎など同時代の作家の名が刻まれた背表紙も。夢中で中を眺めているうちに、作品の世界に足を踏み入れたような錯覚に襲われるかも……。

上／土蔵とその内部。和書だけでなく洋書も多い。本の配置からも乱歩の頭の中が覗けるよう
下／鼠色の漆喰で塗り固められた外壁が、土蔵の怪しさを増す。実は耐震・耐火性も高いつくりになっている

乱歩の姿や土蔵がプリントされた一筆箋（各300円）。ほかにクリアファイルなどのグッズも

DATA

- 東京都豊島区西池袋3-34-1
- 03-3985-4641
- 10:30〜16:00
- 休 月・火・木・土・日曜・祝日（水・金および臨時公開日のみ開館）
- ¥ 無料
- JR山手線・東京メトロ丸ノ内線・西武池袋線ほか「池袋」駅西口より徒歩7分

COLUMN ‖ 土蔵の闇に蠢く乱歩の素顔

土蔵の2階奥は、特に乱歩の整頓癖が表れているスペースです。入り口からはほぼ見えませんが、番号入りの手書きラベルを作って年代ごとに自著を管理したり、人に貸している本が把握できるように貸した本の位置に書名を書いた箱を置いたりしていたそう。鬼気迫るエピソードに圧倒されます。

台東区立 一葉記念館

POINT

» 一葉の人生を伝える資料

一葉が身につけた着物や愛用の机のレプリカなどが展示される

» 『たけくらべ』などの作品資料

約5年間の作家活動で遺した原稿のほか作品関連の立体物も

» 一葉を支えた人物を紹介

『たけくらべ』を絶賛した森鷗外などとの関わりを示す資料

たった24歳で生涯を終えた樋口一葉の人生に寄り添う

五千円札に描かれ、近代文学における女性作家の先駆けとして知られる樋口一葉。病によって閉じられた24年という短い生涯や、貧しさに苦しんだエピソードから、はかない印象を持つ人が多いかもしれません。

士族の娘として比較的豊かな暮らしを送っていた一葉は、歌塾「萩《はぎ》の舎《や》」にて、良家の子女たちを凌ぐめざましい才能を発揮しますが、父と兄の死後、一家は困窮。明治26年、この記念館が建つ龍泉寺町に引っ越し、駄菓子屋を開きます。当時の吉原にほど近いこの場所で約10ヶ月を暮らしたことが、吉原の遊女を姉に持つ少女・美登利《みどり》を主人公に綴った傑作『たけくらべ』を生み出すきっかけとなったのです。この地ではのびやかに筆を執るには至りませんでしたが、一葉文学が花開く種をまいたのが、この地だといえます。地元の人々の熱意によって生まれた同館では、そんな一葉を突き動かした、文学への強い情熱を目の当たりにすることができます。

父・則義（のりよし）が買い与えたといわれる机のレプリカ。幼少期、樋口家が裕福だった時代を伝える品

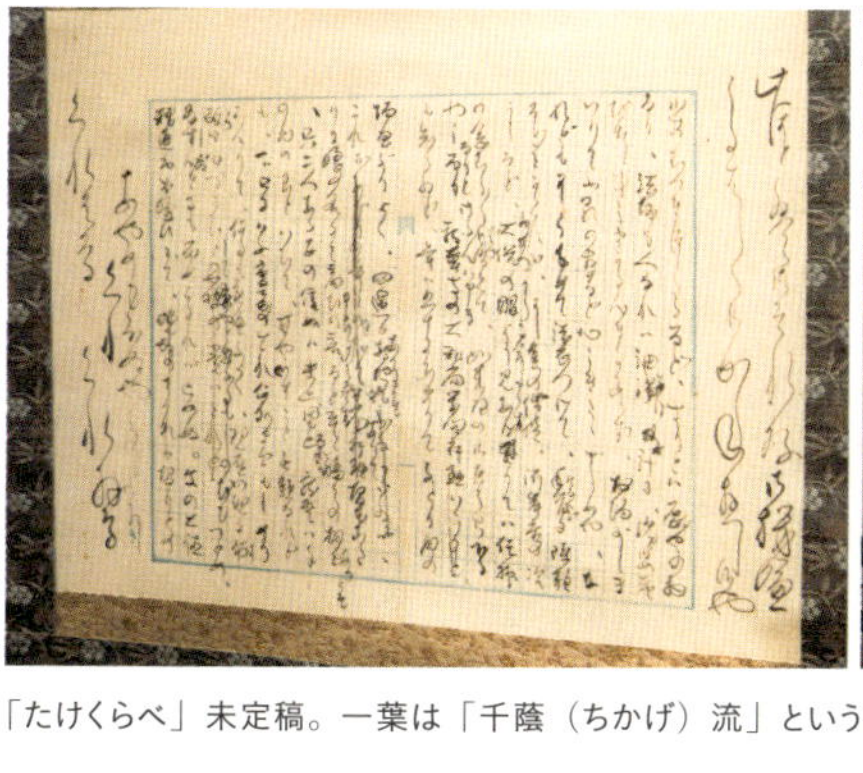

「たけくらべ」未定稿。一葉は「千蔭（ちかげ）流」という書の技法を身につけており原稿も筆で書かれた。

年表からは、一葉が江戸時代の伝統と明治の新しい流れの中に生きていたことを強く実感する

絵にも才覚を表したライバル・三宅（田邊）花圃や、一葉が恋心も抱いたという半井桃水に関する資料も

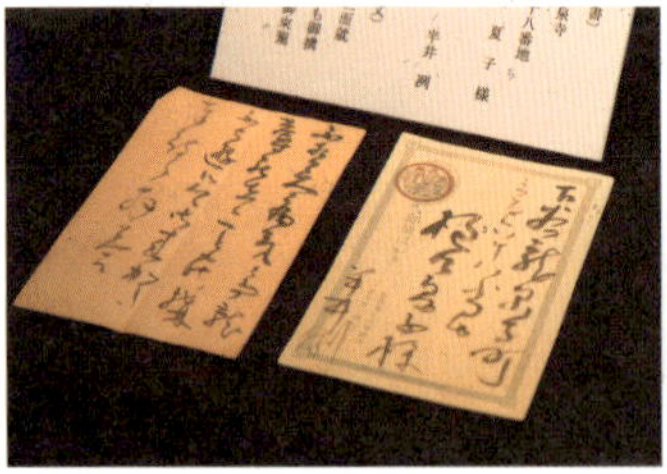

森鷗外も絶賛した才能が花開いた奇跡の1年半

一葉の人生の浮き沈みは、24年の生涯を伝える年表だけでなく、一葉に小説指導を行った小説家・半井《なからい》桃《とう》水《すい》との恋をにじませる書簡や、仕入れに奔走する一葉の姿を伝える模型や絵画、仕入帳などの資料からも伝わってきます。

家計を支えるため、士族から庶民の暮らしに身を投じたことは、一葉に新たな視点をもたらしました。明治の庶民の生活を内側から見つめ、古典の美と融合させる才能は、『めさまし草』で森鷗外の絶賛を受けます。肺結核によりその翌年に帰らぬ人となった一葉ですが、彼女を讃えた作家たちの声を伝える資料は、女性という看板を外してもなお輝く才能を、今に伝え続けています。

洋画家・木村荘八による「にごりえ」。このほか、一葉亡きあとの絵画や演劇などに関連する資料も多い

上／一葉がこの街で営んだ、駄菓子と荒物の店の模型（三浦宏作）。
下／『めさまし草』での激賞によって、この暮らしに光が射す

COLUMN ‖ 若き文士たちとの交流

一葉の文机の上には、馬場孤蝶の父から贈られた、カニの彫刻が施された筆立てが。一葉の作品を掲載した雑誌『文學界』の担い手となった孤蝶や島崎藤村などの若き文士たちは、冷静な一葉を慕い、本郷菊坂町時代の一葉宅をしばしば訪ねたといいます。一葉も同様に彼らから刺激を受けていたのだそう。

DATA

- 東京都台東区竜泉3-18-4
- 03-3873-0004
- 9:00～16:30（入館は16:00まで）
- 月曜（祝日の場合は翌平日）
- ¥300円（小・中・高生100円）
- 東京メトロ日比谷線「三ノ輪」駅より徒歩10分

NOVEL

新宿区立 林芙美子《ふみこ》記念館

POINT

» 林芙美子が家族とともに住んだ家

昭和16年に建てられ、亡くなるその日まで住んだ自宅を公開

» 趣味を覗かせる家具や日用品

慎ましくも上品な家財や私物に芙美子の美的感覚が宿る

» 夫のアトリエに展示された資料

別棟に作られたアトリエを展示室として企画展を行っている

旅と恋に生きた芙美子が たどり着いた終の住処

貧しい日々も文学への志を絶やさぬ女の生きざまを大胆に、いきいきと描いた『放浪記』。戦後の人々の圧倒的な支持を得たこの小説で、林芙美子は一躍文壇に躍り出ました。幼い頃、貧しさから住居を転々とし、いくつもの恋を重ねながら作品さながらの放浪生活を送った芙美子は、よき夫・手塚緑敏《まさはる》と出会い、のびやかな活躍を展開します。落合で借家の洋館に住む時期を経て建てた念願の家が、この記念館です。随所に芙美子の思いが反映されたこの家には、川端康成や太宰治など、さまざまな友人が訪れました。

芙美子は建築を学び、みずから設計案を出すなど、十分な準備を経て家を完成させたそう。エッセイ『昔の家』でも「住み心地のよさというものが根底」と語られている通り、応接間よりも、茶の間と台所などの生活空間を中心に据えたつくりが特徴です。庭から各部屋を眺めれば、自分の運命を切り開いてきた芙美子のたくましさも感じ取れる気がします。

FREE

右側が生活の場である母屋、左側が仕事場として使われていた建物。現在の庭はほとんど芙美子の没後に整えられた

一家団欒の場となった茶の間。玄関や坂の下の門付近には、当時植えられた孟宗竹が青々と生い茂っている

当初納戸として作られた芙美子の書斎。半障子を通して射し込む庭からのやさしい光が当時をしのばせる

深夜台所に立つことも多かったという芙美子。残された食器や部屋ごとに異なる照明からもハイカラなセンスがうかがえる

家族とともにくつろいだ芙美子の素顔が浮かぶ

京都の建築を参考に、元・宮大工の職人と二人三脚で作り上げた家は、数寄屋造りをベースとしています。気取らない雰囲気ながらも茶室としての体裁をしっかり整えるなど、日本の家の伝統が随所に生きたつくりが特徴的です。

唯一洋風のつくりになっている別棟のアトリエは、画家であった夫のために建てられたもの。芙美子の集めた美術・工芸品のほか、夫とやり取りした手紙や原稿などの資料が展示されています。夫の絵をやさしく包み込んだ光は今、原稿でも手紙でも変わらずやさしい芙美子の文字を照らしています。旅や激しい恋の果てに得たやすらぎが、天井から降り注ぐ光に象徴されているようです。

アトリエでは年4回展示替えを行い、新収蔵資料や、作品からのメッセージ、作家との交流などを取りあげる

昭和7年に書かれた、フランスから夫にあてた手紙。おだやかな文字で、語りかけるように綴られている

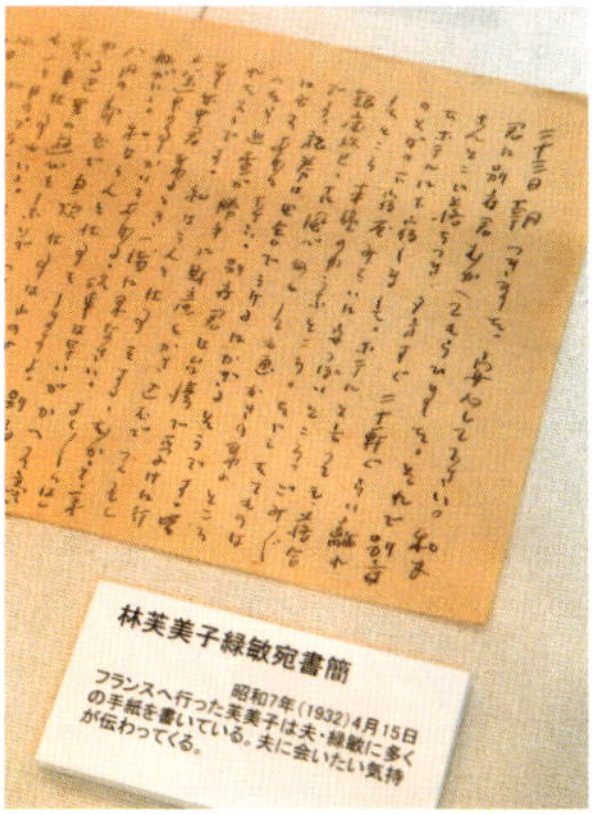

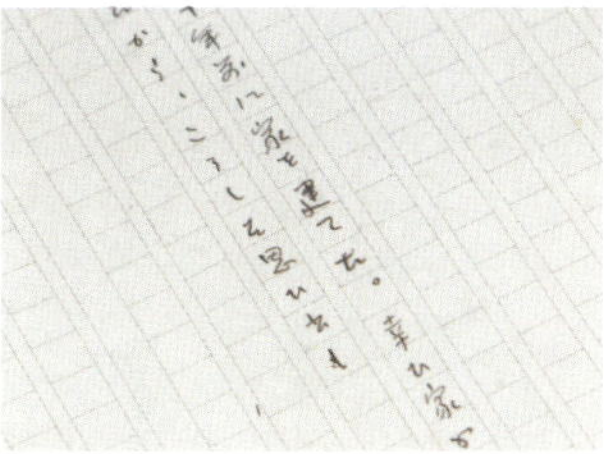

左／執筆にはパーカーやパイロットのブルーブラックのインクを使用。
右／モダンな柄がかわいい一筆箋（300円）

COLUMN ‖ 本当の出入り口は坂の下に

当時芙美子が出入りするのに使っていたのは、現在記念館の入口となっている場所ではなく、坂の下にある門でした。現在は閉じられていますが、ここがP27で紹介した玄関に繋がっており、庭側から立ち入ることもできます。芙美子の家を訪ねた文豪気分になって門前にたたずみ、玄関を見上げてみては。

DATA

- 東京都新宿区中井2-20-1
- 03-5996-9207
- 10:00〜16:30（入館は16:00まで）
- 休 月曜（祝日の場合は翌平日）
- ¥ 150円（小・中学生50円）
- 西武新宿線「中井」駅より徒歩7分

調布市 武《む》者《しゃ》小《こう》路《じ》実《さね》篤《あつ》記念館

POINT

» **実篤が晩年を過ごした自宅**

90歳で生涯を閉じるまでの20年間を過ごした邸宅を公開

» **緑あふれる庭園**

四季おりおりの植物をめでながら旧実篤邸の庭を散歩しよう

» **幅広い活動を伝える文学資料や絵画**

小説や詩・戯曲だけでなく、理想の実践・絵画などの活躍も伝える

「白樺派」の中心となった実篤の文章や絵画を味わう

友と同じ女性を愛した青年を描く『友情』などの小説を残した、武者小路実篤。無駄を削ぎ落とした文章で「小説の神様」と呼ばれた志賀直哉とともに、学習院の友人たちと始めた雑誌『白樺』の中心人物として知られています。野菜などの絵に添えられた「君は君 我は我也 されど仲よき」などの言葉にも見られるように、互いを生かし合う生き方を貫きました。

実篤は非常に多くの書画を残しており、最後の20年間を過ごした邸宅と庭の隣接地に建つ同館は、小さな美術館のよう。実篤のシンボルともいえる野菜を描いた淡彩画などの作品を、原稿や書簡などの資料とからめながら、約5週間ごとの展示で紹介しています。素朴な絵とやさしい文章のどちらにも、ものをまっすぐに見つめ、人間や自然を賛美する実篤の魂を感じ取れるはず。文豪というと苦悩する姿がイメージされることが多いなか、天真爛漫ともいえる希望に満ちた姿が胸を打ちます。

約4万点の資料を収蔵。「家族」「自筆原稿」などのテーマを設けて、年8回の展覧会で紹介する

生涯の友・志賀直哉や、家族にあてた手紙などを収蔵。原稿にほとんど書き直しの跡が見られないのも特徴

国の登録有形文化財でもある旧実篤邸。御所人形が愛らしくたたずむ仕事場は『真理先生』の一場面を思わせる

応接室や客間も公開。公開日以外の日もベランダの窓越しに見学ができる。自然との調和が美しい

作品の隅々まで充ちる人生を肯定する力

実篤が池に船を浮かべて孫たちと楽しんだ庭は、同館の庭園のほか、実篤公園として公開されています。内部公開日には旧実篤邸に足を踏み入れ、仕事場を間近に感じることもできます。職人が寄木で仕上げた床も、当時のもの。一歩一歩踏みしめれば、この家を訪れた友人たちの足音が聞こえるかのようです。

記念館の中庭には、実篤が創設した「新しき村」から寄贈された梅の木が見えます。明治・大正・昭和と3つの時代を生き抜き、小説や絵を残しながら、理想を机上にとどめず実践してみせた実篤。2018年に100周年を迎えた新しき村とともに、作品は今も色あせず、実篤の思いを伝え続けています。

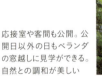

かぼちゃなどのモデルが置かれた絵画体験コーナー。ものをよく見て描く実篤の目線を体感してみたい

三角屋根が印象的な同館。ライブラリーも充実しており、若き日に作品を発表した『白樺』復刻版などが読める

おなじみの野菜の絵があしらわれたクリアファイル（各300円）や榮太樓飴（各330円）の缶に心が安らぐ

DATA

東京都調布市若葉町1-8-30
03-3326-0648
9:00～17:00
（閲覧室利用は10:00～16:00）
休 月曜（祝日の場合は翌平日）
土・日曜、祝日11:00～15:00
旧実篤邸内部公開（雨天中止）
¥ 200円（小・中学生100円）
京王線「仙川」駅
または「つつじヶ丘」駅より
徒歩10分

COLUMN ‖ 毎日筆をとった実篤の相棒

40歳頃から筆をとった実篤は、90歳で亡くなるまでの50年間、ほぼ毎日絵を描きました。小説の執筆が少なくなった晩年も、詩と絵は変わらずかき続けたといいます。毎日墨をすり続け、ついに穴が空いてしまったすずりも。同じく、穴が空くほど見つめられつづけた焼き物やだるまなどが、今も仕事場にたたずんでいます。

NOVEL

三鷹市 山本有《ゆう》三《ぞう》記念館

POINT

» 小説家・山本有三の美しい住まい

個性的な洋館に懐かしさとロマンが満ちている

» 『路傍の石』をはじめとした資料や愛用品

三鷹時代のものを中心に原稿、ノート、愛用品などを展示

» 国語教育や政治との関わり

作家にとどまらず日本の未来を考えた有三の生涯を伝える

やすらぎの洋館に日本語への思いがあふれる

『生命の冠』などの戯曲から作家生活をスタートし、『路傍の石』などの小説で愛された山本有三。美しく聡明な妻・はなや子ども達とともに、約10年間を暮らしたこの家は、現在文学館として公開されています。応接間や書斎、家族の部屋などを展示室とし、有三の生涯や代表作に関する資料を展示。有三のもうひとつの顔であった国語教育者や参議院議員としての活動も見どころです。

いくつもの要素を不規則に組み合わせたような個性的な建物は、当時日本で流行したさまざまなデザインを取り入れたもの。GHQに接収されたあと、国立国語研究所として利用され、みずからの蔵書を利用した「ミタカ少国民文庫」都立「有三青少年文庫」としても活用された歴史を持ちます。2018年、外壁やタイルの修復を経て、より当時の姿に近付きました。美しくも素朴な親しみを感じる雰囲気は、有三のあたたかい文章をどこか象徴しているようです。

有三邸のレンガには、フランク・ロイド・ライト建築にも見られるスクラッチタイルがあしらわれている

建物の背面は表とは違った雰囲気。大きな松の木は当時から生えていた。2階へ上がる階段にも胸がときめく

洋室書斎。事務机のような素朴なデスクに人柄がうかがえる。左手側の引戸は寒さ対策のため後から付けた

戯曲が育んだ大志はやがて国語教育へ

この家で書かれた『路傍の石』や戯曲『米百俵』など、三鷹時代に関する展示だけでなく、苦学の道を歩んだ有三の生涯にも惹き付けられます。家庭の事情から丁稚奉公に出るなど苦労を重ねた有三は、帝大に入る頃には22歳になっていました。自分が子どもをもつに至って、当時の無味乾燥な教科書を目の当たりにした有三は、国語教育を変える活動にも心血を注ぎます。有三が自らイラスト指示までしたという教科書は、現代の子どもにも使ってほしくなるような、かわいらしい表紙です。数多の昭和・平成の作家たちも、この教科書を読んで文学の道を志したかもしれません。

自伝的要素も持つ『路傍の石』の直筆原稿。苦学の時代を伝える資料とあわせて見るとより胸に迫る

昭和22年立候補時の参議院議員選挙用のポスター。「『路傍の石』の山本有三」と紹介されているのが見える

右／有三編集の国語教科書は今見ても愛らしいデザイン。
下／ヨコ型でとても使いやすいトートバッグ（600円）

上／洋間を和室に改造。書斎として使用していた。接収後荒廃してしまったが、美しく復元された
下／昭和40年受章の文化勲章。有三は教科書のほか、世界の名著を選り抜いた『日本少国民文庫』編集にも尽力

COLUMN ‖ 調度品の違いを楽しむ

ユニークな建物だけでなく、家具にも注目を。応接間と、有三の長女の部屋として使われていた展示室との間にある青い石造りの椅子や、花が彫り込まれた素朴な木の椅子など、異なるテイストが目を引きます。作り付けのベンチや、部屋によってデザインの異なる暖炉も見どころ。資料とともに、ゆっくり味わってみてください。

DATA

東京都三鷹市下連雀2-12-27
0422-42-6233
9:30～17:00
休 月曜（祝日の場合は翌火および水曜）
¥ 300円（中学生以下無料）
JR中央・総武線「三鷹」駅より徒歩12分

PICTURE BOOK

ちひろ美術館・東京

POINT

» いわさきちひろの繊細な原画

やわらかく透き通った色彩を味わえる原画をたっぷりと展示

» 臨場感あふれるアトリエ

当時のままの空間の細部にちひろの人柄がしのばれる

» 絵本の枠を飛び越えたコラボレーション

他ジャンルを含む現代の作家による魅力の再発見も

『窓ぎわのトットちゃん』を描いた画家の美術館

生涯にわたり子どもの姿を描き続け、絵本や紙芝居作品を通して約9500点の絵画作品を残したいわさきちひろ。この美術館では、絵本は人類が生み出した大切な文化だという考えのもと、34の国と地域から集められた、約2万7200点の絵本作品や原画などの資料が収められています。

同館のキーワードは、子どもが初めて訪れる美術館〝ファーストミュージアム〟。展示する絵の高さを135㎝と通常と比べ低めに設定し、子ども目線での展示を心掛けています。ちひろ作品については原画とともに出版された絵本を鑑賞でき、彼女のやわらかく澄んだ水彩のタッチを、絵本以上に豊かに感じ取れます。雑誌用に描き下ろしたイラストの展示からは、ふんわりとした印象だけでなく、研ぎすまされた画面構成力も伝わってくるはず。どの作品にも通底する「平和」というテーマが、見る人の心にやさしい光を投げかけます。

「着るを楽しむ　spoken words project」より。絵本の枠を越えた自由な展示も魅力

図書室には国内外の絵本が約3000冊配架。館内にはちひろ愛用のソファがあり、実際に座ることができる

アトリエを再現した部屋には当時のまま並ぶ蔵書のほか、使用した筆や飴の缶なども置かれちひろを身近に感じられる

緑あふれる中庭や、ちひろの生前の様子を伝える写真など、ちひろが過ごした時間を追体験できるような空間

生誕１００年を経た今 新たな魅力が花開く

同館が建つのは、ちひろが最後の22年を過ごしたアトリエ兼自宅の跡地です。外から見る以上に開放感のある建物には、ガラス張りの通路が。庭のケヤキやバラなどちひろの愛した草木が、晴れの日はもちろん、雨の日も違った趣を見せます。絵本の色彩のような風景に心なごむ一方で、ちひろの文章や家族写真、書簡などの展示からは、作品の根底にある力強い愛情も感じ取れます。

２０１８年には、現代の作家や写真家などとのコラボレーションにも積極的に取り組んでいる同館。さまざまな分野で活躍する作家との出会いによって新しい風を吹き込み、生誕１００年を経てもなお色あせない魅力を伝え続けています。

懐かしい風景を残す住宅街に建つ、世界初の絵本美術館。大きなケヤキの木が訪れる人を迎えてくれる

やさしい色があふれるミュージアムショップには文房具や食器なども揃う。カフェとともに長居してしまいそう

COLUMN || 世代を超えるちひろへの思い

日本と世界の絵本作品を画家順に並べている図書室には、開館時からの来館者メッセージを製本した『ひとことふたこと みこと』が置かれています。その中には、現代の小学生の声も。全国のちひろファンからの募金が設立を後押しした同館に、現在もさまざまな思いを胸にしたファンが訪れていることを実感します。

DATA

- 東京都練馬区下石神井4-7-2
- 03-3995-0612
- 10:00～17:00（入館は16:30まで）
- 休 月曜（祝日の場合は翌平日）
- ¥ 800円（高校生以下無料）
- 西武新宿線「上井草」駅より徒歩7分

CALLI-
GRAPHY

相田みつを美術館

POINT

» 巧みな書のバランスを味わう

筆書きだけでない、ろうけつ染めの作品にもその魅力があふれる

» 作風の裏にある情熱を知る

さまざまな形の展示から独自の作風を生んだ原動力に触れる

» ゆったりと作品に向き合える空間

散策するように鑑賞し、余韻に浸れる空間づくり

誰もが知る書家の本当の魅力に出会う

「つまづいたっていいじゃないか／にんげんだもの」の詩や、一度見たら忘れられない書体で知られる相田みつを。書家であり、詩人でもある彼は、なぜこのような書にたどり着いたのか？ その素朴な疑問に答えてくれるのが、この美術館です。約600点の作品を、「負けることの尊さ」「いま ここ じぶん」といったテーマ毎に選り抜き、年3～4回の企画展を行っています。

静かに並ぶ書を見ていると気づくのは、文字の配置の美しさです。カレンダー等に印刷された作品は余白や額とのバランスが変わってしまっていますが、同館では展示作品はすべて額装されているため、一見無造作に見える書の隅々までみつをの神経が行き届いていることを実感できます。無心にその美を感じたあとは、みつをの長男である館長、相田一人氏の解説文に触れてみましょう。父の背中を見つめていた氏の言葉により、みつをの言葉がさらに重みをもって心に刻まれます。

作品はひとつひとつが額装され、書というより絵画のように鑑賞できる。展示作品はすべて自筆。英訳パネルもある

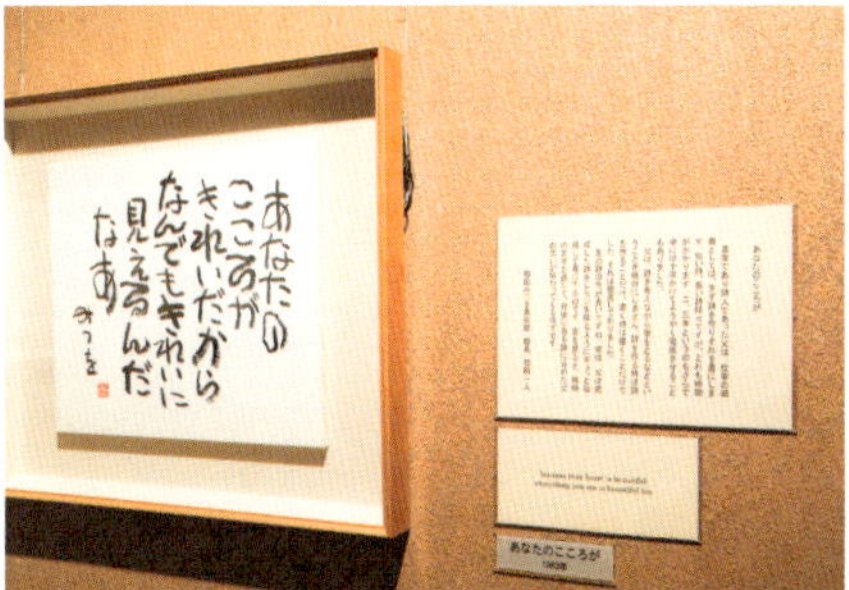

左／無料で観賞できるスペース。井戸のような穴を覗き込むと、書に関連した映像と共にみつをの書が浮かび上がる
右／展示の横に添えられた解説。おおらかに見える文字の裏に、膨大な試行錯誤が積み重ねられた事実が興味深い

「み」の字が刻まれた落款印や、さまざまな太さの筆。最後まで進化し続けた書の変遷と共に味わいたい

晩年のみつをの声による『一生燃焼』『ちからをいれて』の2作品の解説を聞くことができるコーナー

みつをの書を体験できる水書板。筆を握ってみると、無造作なようでいて計算された書体の妙を体感できるかも

独特の作風の裏には確かな技術と深い思想

靴が床に触れる感覚や、ほのかな光にまで配慮した展示室には、筆、すずり、印などの愛用品も展示されています。2人の子どもを持つ相田家はみつをの筆一本で生活しており、決して楽な暮らしではありませんでしたが、一流の道具を使うことは惜しまなかったそう。

その独自性ゆえに我流のようにも見えるみつをの作品ですが、実は十代の頃から書家・岩澤渓石に師事し、高福寺で禅を学んでもいます。正統派の技巧や禅の思想を核として、人間の尽きない悩みや命の尊さを深く見つめ続けたみつを。作品や遺品、映像や声からそうした背景を知れば、何度も見ているはずの彼の書がより輝いて見えるかもしれません。

モダンなカフェでは、みつをが命名した、梅林堂の「夏寿康」（夏季限定）などのスイーツが楽しめる

カレンダー（1080円）などの紙もののほか、相田みつをふでペン（各270円）などグッズも豊富

DATA

東京都千代田区丸の内3-5-1
東京国際フォーラム地下１階
03-6212-3200
10:00～17:30（入館は17:00まで）
休 月曜（祝日の場合は開館）
¥ 800円（中・高生500円、小学生200円、70歳以上500円）
JR山手線・京浜東北線ほか「有楽町」駅より徒歩３分

COLUMN ‖ **ペアシートに座って静かな時間を**

みつをがよく散歩していた足利の八幡山古墳群をイメージした、という展示室へのアプローチ部分には、ペアシートがあります。周囲の音が遮断された小さな洞窟のようで、一緒に訪れた人と感想をシェアしてみたくなる空間。白熱灯の柔らかな光にも心がなごみます。思い出に残った１作について、ゆっくり語り合ってみては？

NOVEL

星の王子さまミュージアム 箱根サン=テグジュペリ

POINT

» 星の王子さまのモチーフがいっぱい

王子さまの像はもちろん、作品のイメージが至るところに

» サン=テグジュペリの生涯をたどる

作家でありパイロットとしても活躍した人生を紹介する展示

» 故郷・フランスの風景

作者の故郷・フランスの街をイメージした風景にうっとり

世界中で愛される物語を育てた風景に会える場所

『星の王子さま』の世界を再現し、パイロットでもあった作者・サン=テグジュペリの人生をたどるミュージアム。生誕100周年を記念して誕生した同館は、世界に先駆けてオープンした、唯一の星の王子さまミュージアムです。同作は300以上の国と地域の言語に翻訳されており、日本だけでなく各国からファンが訪れています。夢で見たような幻想的世界観と、作者の生まれ育ったフランスの街の風景を組み合わせた非日常的な空間からは、目に見えない「いちばんたいせつなこと」が感じ取れるかもしれません。

　フランスの街をイメージした園内は、ファンの喜ぶ仕掛けでいっぱい。王子さまや王さまなどのキャラクターに出会えるだけでなく、建物の名前が作者の弟やパイロット仲間の名前になっていたり、王さまが王子さまに放った「座りなさい」という台詞がフランス語で書かれたベンチも。細かなあしらいが楽しく、何度訪れても楽しめる場所です。

ちょっと足をのばして

メインゲートでは小惑星B612と王子さまの像がお出迎え。南フランス風の建物に、ここが日本であることを忘れる

左／「出会いの庭」を抜けて、作品に登場するバラにちなみ、赤系のバラで統一されたローズガーデンへ
右／カフェなどが並ぶ街並みを表現した「王さま通り」。海外旅行に訪れたような本物さながらのつくりにうっとり

展示ホールには、サン＝テグジュペリの乗っていた飛行機「コードロン シムーン」の縮小模型

王さまなどの立体像が繰り広げる、立体絵本のような空間。作品を読んだことのない人にも世界観が伝わる

「いちばんたいせつなことは、目に見えない」の言葉を王子さまに贈ったキツネにも会える

聖書に次ぐベストセラーの世界観を再現

展示ホールでは、著者の子ども時代から晩年までを、家族や友人たちとの写真や手紙などの複製資料とともに紹介。サン＝テグジュペリの子ども部屋や砂漠の中継基地など、彼の見た風景を追体験するような空間を、迷路のようにたどれます。最後には王子さまが星に帰るまでのシーンが再現され、その先には各国で翻訳された『星の王子さま』の表紙が並びます。聖書に次ぐベストセラーと言われる本書が、世界中で愛されていることを実感する瞬間です。

『星の王子さま』関連品を扱う国内最大のショップ「五億の鈴」には、作品のメッセージをさまざまに切り取ったグッズが。大切な人に、王子さまの想いを伝えてみては。

レストランでは作品冒頭でもおなじみのウワバミのオムライス（単品1300円）やパンケーキ（単品680円）などが楽しめる

ミュージアムショップ「五億の鈴」の一番人気は、星のきらめきを閉じ込めたような星空キャンディ（810円）

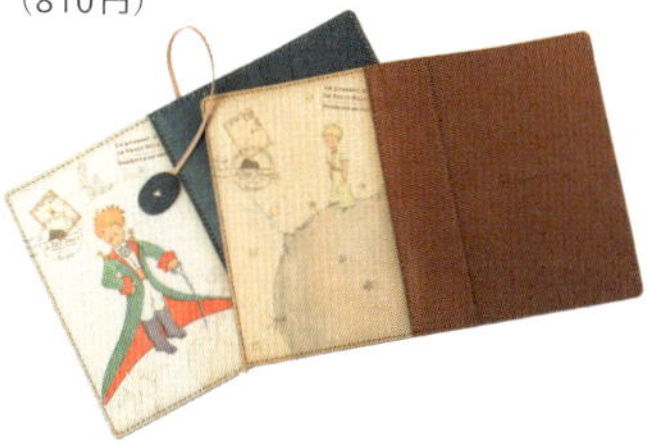

DATA

📍神奈川県足柄下郡箱根町仙石原909
☎0460-86-3700
🕘9:00〜18:00（入園は17:00まで）
休 第2水曜（3月と8月は無休）
¥ 1600円（小・中学生700円、その他学生・65歳以上1100円）
※前売り料金あり
🚌箱根登山鉄道「箱根湯本」駅より箱根登山バス「川向・星の王子さまミュージアム」下車すぐ

COLUMN ‖ 王子さまのバラの花

作品中で、王子さまが大切に育てていたバラの花。初夏に赤いバラの咲き誇るローズガーデンはもちろん、展示ホールで『星の王子さま』の世界をたどる旅の間にも、バラの花に出会えます。園内のさまざまなポイントにバラが飾られているので、探しながら歩くのもおすすめです。

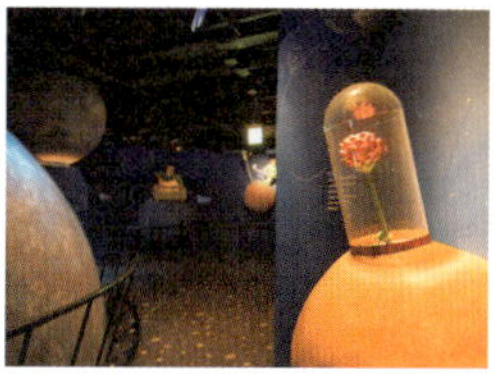

NOVEL

吉村昭記念文学館

POINT

» 誕生から晩年までのあゆみを展示

病や両親の死を乗り越えて、吉村文学が作られた経緯をたどる

» 吉村氏になりきれる再現書斎

膨大な資料が几帳面に整理された書斎で大作家気分に

» 取材旅行の足跡をたどる

綿密な取材で知られた氏の訪れた地に関する展示も

入念な取材をもとに 歴史と人生を綴った小説家

日暮里生まれの吉村昭氏は、自らの足を使って得た実際の証言や資料をもとに、歴史小説や記録小説を数多く書いた小説家です。読書家の荒川区長の熱意から生まれた同館では、取材ノートや自筆原稿などを収蔵。氏の人生と作品とを、書簡の言葉もからめて編年で展示しています。

氏は『戦艦武蔵』などの戦史小説のほか、『漂流』、『大黒屋光太夫』といった漂流記、歴史の中で表舞台に出ることは少ないものの重要な役割を果たした人物などを取りあげた作品を多く残しています。取材地では地元の酒場に立ち寄ることを楽しみにしていたそう。足しげく通った北海道、長崎、宇和島について紹介する「小説家の旅」コーナーには、そんな氏の素顔が浮かびます。原稿や資料が整然と置かれた「カルテ棚」のある書斎や、芥川賞作家である妻・津村節子氏に関する展示も見どころ。歴史小説になじみのない人も、きっと氏の作品を手に取ってみたくなるはずです。

庭の風景も再現した書斎。卓上には用途別に使い分けたという万年筆が。椅子に座れば、吉村氏になった気分に

図書館、文学館、子どもひろばの複合施設「ゆいの森あらかわ」内にあり、文学好き以外も気軽に立ち寄れる雰囲気

病や家族の死と向き合った人生が年表に。書斎には夫婦ともに愛用の「満寿屋」の原稿用紙も置かれている

DATA

東京都荒川区荒川2-50-1
03-3891-4349
9:30～20:30
休 第3木曜
¥ 無料
東京メトロ千代田線ほか「町屋」駅より徒歩8分

POETRY

府中市郷土の森博物館 村野四郎記念館

POINT

» 生と死の境を見つめた詩人の生涯を紹介

客観的な視点で綴られた詩集や直筆原稿、万年筆などを展示

» 「二足のわらじ」生活に触れる

理研コンツェルンに務め現実と向き合い続けた姿勢も紹介

» 故郷・武蔵野の歴史と自然

四郎が生涯愛し続けた武蔵野の空気を感じながら過ごせる

『ぶんぶんぶん』で知られる詩人の〝二足のわらじ〟

「ぶん ぶん ぶん／はちが とぶ」の歌い出しでおなじみ『ぶんぶんぶん』。村野四郎は、こうした子どものための詩とともに、生と死のはざまを深く見つめた詩を書きました。四郎記念館が設けられているのは、四郎の故郷・武蔵野の歴史と自然を体感できる「府中市郷土の森博物館」内に復元された木造校舎です。

館内には、俳句をたしなむ父や北原白秋門下の兄に囲まれ育った四郎の人生が刻まれています。詩人・萩原朔太郎やドイツ詩人・リルケの影響を受け、後半生には松尾芭蕉の幽玄な世界に美を見出しました。

こうして育まれた視点だけでなく、「精神のために詩を、肉体のために実業を」と考え、4人の子どもを育てながらサラリーマン生活を続けたという点もユニークです。文学にのめり込み破滅的に生きるのではなく、家庭人として生を全うしながら、対極にある死を見つめ続けた四郎。その生き方に励まされる人は多いはず。

昭和10年建設の府中尋常高等小学校を復元しその一部を展示室に。卒業式でおなじみ『巣立ちの歌』が迎えてくれる

世に衝撃を与えた斬新な『体操詩集』のほか、『珊瑚の鞭』『故園の菫』など戦時中の作品にも注目したい

DATA

- 東京都府中市南町6-32
- 042-368-7921
- 9:00〜17:00（入館は16:00まで）
- 休 月曜（祝日の場合は翌平日）
- ¥300円（中学生以下150円）
- 京王線・JR南武線「分倍河原」駅より京王バス「郷土の森正門前」下車すぐ

作家の室生犀星が「現代詩の一頂点」と評価した歌集、『亡羊記』。松尾芭蕉の影響が見て取れる

NOVEL

東洋英和女学院
学院資料・村岡花子文庫展示コーナー

POINT

» 文学者としての花子のあゆみ

深い異文化理解から翻訳した作品や著作の世界に触れる

» 幅広い活動や人柄に迫る展示

文学以外にもパワフルに活動していたことがわかる企画展示も

» 東洋英和女学院の歴史

明治17年の開校から現在までのあゆみを伝える資料も

『赤毛のアン』翻訳者のエネルギッシュな姿を知る

カナダ文学『赤毛のアン』を翻訳し、朝ドラ『花子とアン』主人公としていきいきと描かれた村岡花子。このコーナーでは、カナダ系のミッションスクール、東洋英和女学院の卒業生である花子が、文学者・社会活動家として花開く姿を知ることができます。1150冊の和書と700冊の洋書、原稿や書簡、身の回りの小さな品に至るまで収蔵品は幅広く、お孫さんの村岡美枝さん・恵理さん協力の下、家族ならではの視点で花子を捉えた展示が魅力です。

花子が戦火の中守り抜いた原稿や、彼女の幅広い活動を伝える企画展示からは、とても1人の文学者の活動とは思えない行動力がうかがえます。その中心を貫くのは、学院で培った、自立した女性としての精神です。戦争で敵国となった海の向こうの友人への思いや、文学が花子に与えてくれた喜びや自由な精神を伝える情熱が、展示室いっぱいにあふれています。

FREE

奥の机は『赤毛のアン』刊行後の昭和30年頃に購入したもの。自身の書斎を持てた喜びが詰まっている

花子は書き損じた紙をこよりにして原稿を綴じていた。企画展示で紹介される資料とともに、花子の強さや思いを伝える

DATA

東京都港区六本木5-14-40
東洋英和女学院 六本木校地
本部・大学院棟1階
03-3583-3166
9:00～20:00（土曜～19:00）
休 日曜・祝日
¥ 無料
都営大江戸線
「麻布十番」駅より徒歩5分

創立者、マーサ・J・カートメルの来日時のトランクや、現在に至るまでの学校のあゆみを伝える常設展示も

東京子ども図書館 石井桃子記念 かつら文庫

POINT

» 60年以上続く子どものための図書室

今も子どもたちに貸出やお話会を行っている

» 翻訳家・作家・編集者の石井桃子旧居

石井桃子の著訳書や蔵書が閲覧できる書斎が魅力的

» 世界各国の子どもの絵本に関する展示

貴重な絵画や写真などを通して新たな発見が

生涯を通して本の魅力を伝え続ける

靴を脱いで部屋にあがると、懐かしい絵本がいっぱい。ここは、『クマのプーさん』、『ピーターラビット』などの翻訳や、『ノンちゃん雲に乗る』などの児童文学の執筆・編集で知られる故・石井桃子氏の自宅に作られた、子どものための図書室です。今でこそ児童向けの図書コーナーは当たり前の存在ですが、開館した1958年当時は児童向けの本自体が少なく、この文庫はとても貴重な存在でした。石井氏はこの図書室で本を通じて子どもたちと交流を重ね、その声を翻訳や創作に生かしたのだそう。現在は東京子ども図書館がその活動を引きついでいます。

そして、ぜひじっくり観賞したいのが、2Fに保存されている石井氏の旧居スペースです。階段を上がると、書斎のみならずダイニングまでもが当時の空気を伝えながら、「石井桃子さんのへや」として公開されています。資料や訂正原本に残された付箋や鉛筆の書き込み文字を眺めていると、今にも石井氏が現れそうです。

翻訳した本や資料がズラリ。机には石井氏が酪農に携わっていた頃の「ノンちゃん牛乳」の瓶が見える

資料への書き込みのほか、井伏鱒二と共に翻訳した『ドリトル先生「アフリカ行き」』なども興味深い

1階の公開書庫では『エルマーのぼうけん』の翻訳で知られる渡辺茂男氏の蔵書が閲覧できる

DATA

東京都杉並区荻窪3-37-11
03-3565-7711（東京子ども図書館）
［子ども・親子への公開日］
第1〜4土曜（祝日を除く）14:00〜17:00／
観覧・貸出し無料
［大人への公開日］
火・木曜（不定休）13:00〜16:00／
観覧料・貸出し登録料は別途 ※要予約
JR中央・総武線「荻窪」駅より徒歩8分

池波正太郎記念文庫

POINT

» そこにいるかのような書斎の風景

荏原の仕事場を細やかに再現、実際の愛用品の数々を展示

» 直筆の原稿や資料にあふれる力

脂の乗った時期の勢いと晩年の静かな筆跡の差にも注目

» 執筆の合間に見せた趣味人の素顔

絵画や映画、食を愛した池波氏の新たな一面にも触れられる

『鬼平犯科帳』を生んだ圧倒的な人生力

江戸を舞台に時代小説を多数発表した、池波正太郎氏。短い会話に込められた豊かな表現で、魅力的なキャラクターや捕り物の場面などをいきいきと描写しました。故郷・浅草にほど近いこの文庫には、池波家からの寄贈品が収められています。

まず目を引くのは書斎復元コーナー。実物を採寸して再現した調度品とともに、実際に使用していた椅子や資料本が整然と並びます。

書斎からうかがえる几帳面さは、『鬼平犯科帳』『剣客商売』『仕掛人・藤枝梅安』コーナーにも表れています。複数の人気作品を並行しながら〆切に一度も遅れたことがなく、編集者に代わって自作に赤字を入れたり、作品を丁寧にスクラップしたりと、そのエネルギッシュな姿勢には驚くばかり。一方で、のびやかに描かれた水彩画や、受け取る人が毎年楽しみにしていたというユーモラスな干支の年賀状の展示も。さまざまな角度から、作品の根底に潜むパワーを感じられる場です。

書斎の展示品は時々入れ替えており、最近では足元のラジカセが加わった。原稿用紙や愛用の筆も見える

左／人気3作品のコーナーでは自筆原稿のほか、氏が自ら描いた鬼平達人気キャラクターの画を見ることができる
右／「時代小説コーナー」では、時代小説に親しみ、執筆を志す人のために、約1万冊の時代小説や資料を公開

DATA

📍東京都台東区西浅草3-25-16
台東区生涯学習センター1階
☎03-5246-5915
🕘9:00～20:00（日曜・祝日は17:00まで）
㉁第3木曜（祝日の場合は翌平日）
¥ 無料
🚉つくばエクスプレス「浅草」駅、
東京メトロ日比谷線「入谷」駅より
徒歩8分

シリーズ作品や氏にまつわる聖地めぐりのマップのほか、自筆画を用いた扇子、手ぬぐいなどグッズが豊富

NOVEL

大田区立 尾﨑士郎記念館

POINT

» 尾﨑が暮らした終の住処を復元

亡くなるまでの約10年を過ごした家を部分保存し、記念館に

» 多くの人に愛された流行作家の姿

人好きのする尾﨑の人柄が資料の端々からにじむ

» 万年筆などの愛用品を展示

収集していた酒瓶や民芸品のほか、当時の流行を伝える小物も

名作『人生劇場』の作者が最期の時を過ごした家

尾﨑士郎は、20年以上続く自伝的大作『人生劇場』を著した、昭和を代表する小説家の一人。この記念館は、建築家・大江修が設計し、終の住処となった旧居を復元して開館されました。人の住む気配さえ感じる玄関の戸を引けば、今にも笑顔の尾﨑が姿を現しそうです。

尾﨑はがんと闘いながら息を引き取りましたが、最期は大好きな自宅でと願って客間に寝床を作ったのだそう。庭から覗くと、俳優・宇津井健をはじめとする友人たちから贈られたお見舞いの寄せ書き(複製)が見えます。その多くは『人生劇場』映像化の際の友人で、作品の影響力がうかがえます。坂口安吾や川端康成を生涯の友としたという尾﨑の人柄は、やわらかな仮名づかいや、絶筆となった『小説四十六年』などのエッセイからも感じられるはず。月に一度、土曜日の14時からは学芸員の方とともに室内に入り、この家と山王という土地を愛した尾﨑の息づかいをより身近に感じることができます。

肖像とともに辞書や原稿用紙が並ぶ書斎。尾崎が大好きだったお酒のビンや、趣味で集めていた民芸品も見える

「巻くと賢くなる」という謳い文句で流行したエジソンバンド。頭に巻いて執筆するおちゃめな姿が浮かぶ

上／並んだ酒瓶の中には宇津井健から贈られた名入りのものも。未開封の瓶もあり、その理由を思うと切ない
下／愛用の万年筆や直筆原稿（複製）など。原稿用紙は名前入りの特注品

DATA

東京都大田区山王1-36-26
03-3772-0680（大田区立龍子記念館）
9:00～16:30 ※外からの見学のみ
休 定休日なし
月に1回土曜日14:00より館内案内
¥ 無料
JR京浜東北線「大森」駅より
徒歩10分

大田区立 山《さん》王《のう》草《そう》堂《どう》記念館

POINT

» 徳富蘇峰の40年にわたる熱意の軌跡

全100巻におよぶ『近世日本国民史』の直筆原稿の大半を収蔵

» 生の筆跡で人脈の広さを実感

1万人以上とも言われる各界著名人との書簡の一部を公開

» 人柄を秘かに覗かせる愛用品

愛用品や愛読書、仕事用具などを現物で展示している

孤高の超人ぶりを発揮したジャーナリスト・徳富蘇峰

文化勲章を受章したジャーナリスト・徳富《とくとみ》蘇峰《そほう》が、歴史書の金字塔『近世日本国民史』の大半を執筆したのが、この「山王草堂《さんのうそうどう》」でした。記念館の中には蘇峰の仕事場が再現され、建物の中に建物がある不思議な光景に驚きます。蘇峰が主宰した『国民之友』は数々の文豪が作品を発表したことでも有名で、彼らと交わされた個性豊かな大量の書簡も見どころのひとつ。また、師と仰いだ勝海舟との関係を伝える資料も多数収蔵されています。『勝海舟伝』『吉田松陰』といった人物伝は、事実を冷静かつ客観的に記し、単なる善悪の対比に終わらないジャーナリストらしさが高く評価されています。

尾崎士郎をはじめ若い作家の集まる馬込文士村の中で、蘇峰は近寄りがたいほどの威厳を放っていたのだとか。ですが、ガラス戸の桟が美しい影を落とす縁側や、初夏になると庭園に咲くカタルパの花を見ると、八面六臂の活躍を見せた蘇峰の人間味あふれる素顔を覗ける気がします。

与謝野晶子から送られてきた原稿や、鳩山一郎からのはがきなど、壁にずらりと展示された書簡の数々

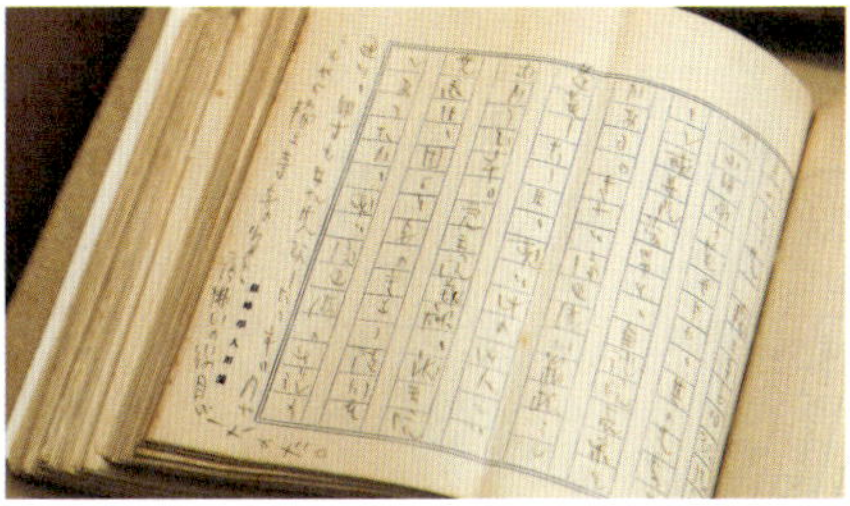

左／馬のひづめ型の机が鎮座する書斎。蘇峰は中央に座り、振り向けば必要な資料が手に取れるようにしていた
右／『近世日本国民史』の江戸城無血開城のシーン。普段とは異なり、欄外まではみ出した筆跡に熱意を感じる

DATA

東京都大田区山王1-41-21
03-3778-1039
9:00～16:30（入館は16:00まで）
休 定休日なし
月に1回土曜日13:00よりギャラリートーク、年1回（春）の散歩会、同じく1回の講演会開催
¥ 無料
JR京浜東北線「大森」駅より徒歩15分

屋敷の広大な庭は蘇峰公園として開放されている。園内のカタルパは、生涯の師である新島襄ゆかりの木

NOVEL

蘆《ろ》花《か》恒《こう》春《しゅん》園《えん》

POINT

» 蘆花お手植えの雑木林

蘆花がみずから植えた竹や樹木が今も豊かに生い茂っている

» 3棟の茅葺き家屋

蘆花夫妻が過ごした茅葺き家屋の中に入って見学できる

» 原稿や蘆花夫妻の愛用品

自筆原稿や身のまわりの品を収め、ライブラリーを備えた記念館も

晴耕雨読の暮らしを送った徳冨蘆花の姿をしのぶ

小説家・思想家のトルストイを敬愛し、ロシアまで会いに行ったというエピソードで知られる徳冨《とくとみ》蘆花《ろか》。ジャーナリスト・徳富蘇峰という偉大な兄の影に悩みながらも、小説『不如帰《ほととぎす》』や随筆『自然と人生』などで人気作家となった人物です。

彼がトルストイさながらの晴耕雨読の暮らしを求め、都心から離れたこの地に居を構えたのは、明治40年のこと。社会に完全に背を向けるのではなく、周囲の村人に農業を教わりながらのんびりと執筆も続け、妻・愛子とともに「美的百姓」と称する日々を送りました。この土地が東京都に寄付され開園した蘆花恒春園には、彼が亡くなるまでの20年あまりを過ごした茅葺きの母屋や書院、身のまわりの品や資料を収めた「蘆花記念館」が設置されています。蘆花が使った農具や、風景を描いたスケッチは、蘆花が原宿の家から植え替えた木々とともに、『みみずのたはこと』にいきいきと描かれた夫妻の暮らしを今に伝えています。

FREE

母屋と梅花書屋。秋水書院とともに見学可能。茅葺き家屋の中にはオルガンや電話などのハイカラな家財もある

執筆を行った特注の大きなテーブル。家の離れには蘆花・愛子夫妻の墓があり、9月の蘆花忌にファンが集まる

DATA

東京都世田谷区粕谷1-20-1
03-3302-5016
9:00～16:30（徳冨蘆花旧宅および蘆花記念館は16:00まで）
休 定休日なし
9月第3土曜「蘆花忌」（講演・コンサート・献花など）
¥ 無料
京王線「芦花公園」駅または「八幡山」駅より徒歩15分

蘆花記念館より。トルストイなどの影響を受けた人物に関する資料や、執筆道具、海外土産などを展示

HAIKU

江東区 芭蕉記念館

POINT

» 生きた俳句の姿を伝える企画展示

芭蕉や作品そのものだけでなく、当時の社会との関連も魅力

» 芭蕉と俳句を知るための常設展示

芭蕉作品の見方や俳句理解を深めてくれるパネル展示も

» 芭蕉作品でいっぱいの庭園

芭蕉の句に詠み込まれた植物とプレートが庭園のあちこちに

松尾芭蕉ゆかりの地で 俳句入門

芭蕉の住んだ草庵のそばに建てられたこの記念館では、「俳聖」とうたわれた芭蕉の生涯や、当時の人々が芭蕉をどれほど愛していたのかを知ることができます。

2階の展示室では、半年ごとに企画展示を開催。芭蕉の句とあざやかな風景画を組み合わせた当時のガイドブックなどの資料から、人々にとって芭蕉の句がごく身近な存在だったことが伝わってきます。また『おくのほそ道』のルートマップや、さまざまな人物が想像も交えながら描いた芭蕉の肖像画も。ぼんやりとしていた芭蕉の輪郭が、色濃く浮かび上がる展示です。3階の常設展示では、芭蕉の旅装を再現したコーナーのほか、今さら聞けない素朴な疑問も含め、小学生にもわかるやさしい解説パネルがあります。記念館の外には、芭蕉の俳句にちなんだ植物が植えられた庭園があり、すぐ向こうには隅田川が広がっています。爽やかな風に吹かれているうちに、一句詠んでみたくなるかもしれません。

2階を3階から見下ろすと、芭蕉庵をイメージした和風のあしらいになっているのがわかる

芭蕉の遺愛品と伝わるカエルの像。歩いて3分ほどの芭蕉稲荷神社から出土したそう。近くの史跡展望庭園もぜひ

DATA

東京都江東区常盤1-6-3（分館・史跡展望庭園は東京都江東区常盤1-1-3）
03-3631-1448
本館9:30～17:00
（入館は16:30まで）
休 第2・4月曜（祝日の場合は翌平日）
第2土曜ジュニア俳句教室
（要事前申込）
¥ 200円（小・中学生50円）
都営新宿線・都営大江戸線
「森下」駅より徒歩7分

芭蕉が詠んだ句とともに名所を描いた『絵本江戸土産』と、句にまつわる植物が植えられた同館の庭園

LYRICS

阿久悠記念館

POINT

» さまざまな媒体で見る阿久悠作品

歌詞、レコードジャケット、音源などに触れられる展示

» 年表とともに作品をたどる展示

メディアと時代の変化を読む力に驚かされる

» 名曲の数々を生んだ作詞の現場

静岡県伊東市宇佐美の自宅書斎を、庭の眺めまで再現

歌謡曲の代名詞 作詞家・阿久悠の軌跡

　1970年代を中心に、5000曲にも及ぶ作品を手掛けた作詞家・阿久悠。沢田研二『勝手にしやがれ』、ピンクレディー『UFO』といった歌謡曲から、アニメ番組のテーマ曲まで驚くほど多彩な作品を発表した、日本を代表する作詞家です。

　阿久氏は明治大学を卒業後、広告代理店に入社し、CMの絵コンテや放送作家の仕事をするなかで作詞を始めることになりました。関連資料とあわせて紹介される年表は、そうした仕事で培われたコピーライティング力が豊かな作詞の芽となったことを想像させます。

　館内には、そのまま額に入れたくなるような美しいレタリングが施された手書きの作詞原稿（複製）や、日本レコード大賞の受賞トロフィーのほか、約200曲の作品を視聴できるコーナーが。3分ほどの短い時間に、男も女も、時には宇宙人の人生さえも凝縮してしまう作品は、どれも1本の映画を観終えたような余韻を残してくれます。

テーブルの上には、作詞に愛用していたぺんてるのサインペン。氏は最後まで手書きにこだわっていたという

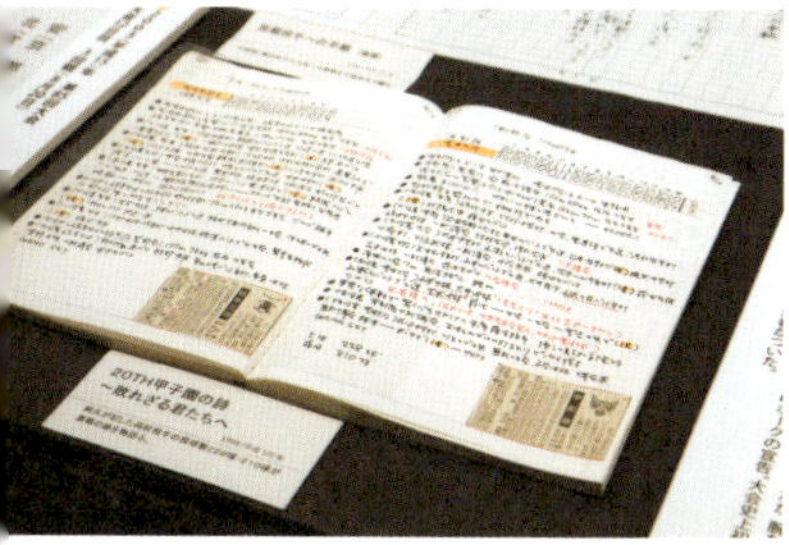

ライフワークだった夏の甲子園観戦記。全ての試合を記録し、作家の視点から印象に残った事を詩に残していた

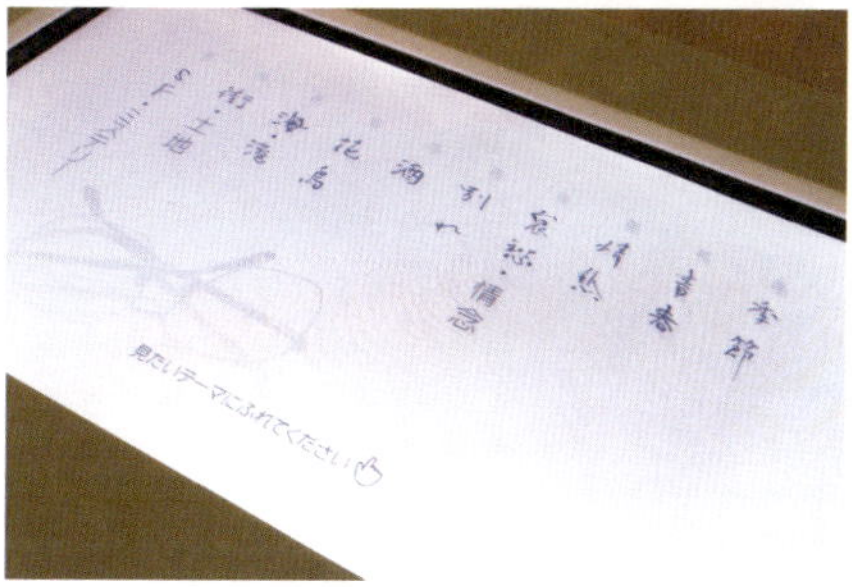

入口にはたくさんのレコードジャケットが。歌詞の分類癖があった氏の思考をたどるような歌詞検索もできる

DATA

東京都千代田区神田駿河台1-1
明治大学アカデミーコモン地階1階
03-3296-4329
(明治大学総務課大学史資料センター)
11:00〜17:00
休 定休日なし
¥ 無料
JR中央・総武線ほか
「御茶ノ水」駅より徒歩5分

東京ゲーテ記念館

POINT

» 国内外の充実したゲーテ関連資料

貴重なドイツ語原典から日本の研究まで幅広く触れられる

» 丁寧なレファレンスサービス

メールでいつでも質問に対応。資料閲覧の予約もできる

» 年2回の収蔵品展示

4〜6月・8〜12月に分けて入門者も楽しめる展示を開催

庶民も知識人も虜にした多才な詩人のすべて

『若きウェルテルの悩み』などで知られるドイツの文豪、ヨハン・ヴォルフガング・フォン・ゲーテの生誕200周年を記念し、粉川忠《こがわただし》氏が創設した資料館。入口では、ゲーテを絶賛した森鷗外の訳による『ファウスト』の一節を刻んだレリーフがお出迎え。明治〜昭和の印刷メディアを特に重視しており、原典から新聞切抜きに至るまで多彩な資料が収蔵されています。資料の閲覧は閉架式・要予約ですが、利用者の関心にあわせた資料を提供するサービスが細やかです。著名な作品だけでなく、科学者や政治家としての顔、多くの友人と恋に彩られた私生活、当時としては異例の長寿など、ゲーテを語るテーマは多様。各方面からゲーテに興味を持つ人が、それぞれに魅力を発見できる施設となっています。

　ギャラリーでは、「ゲーテ入門」の一助として年2回の展示も開催。激動の時代をあざやかに生き抜いたゲーテが、現代人にもヒントを与え続けていることが伝わってきます。

FREE

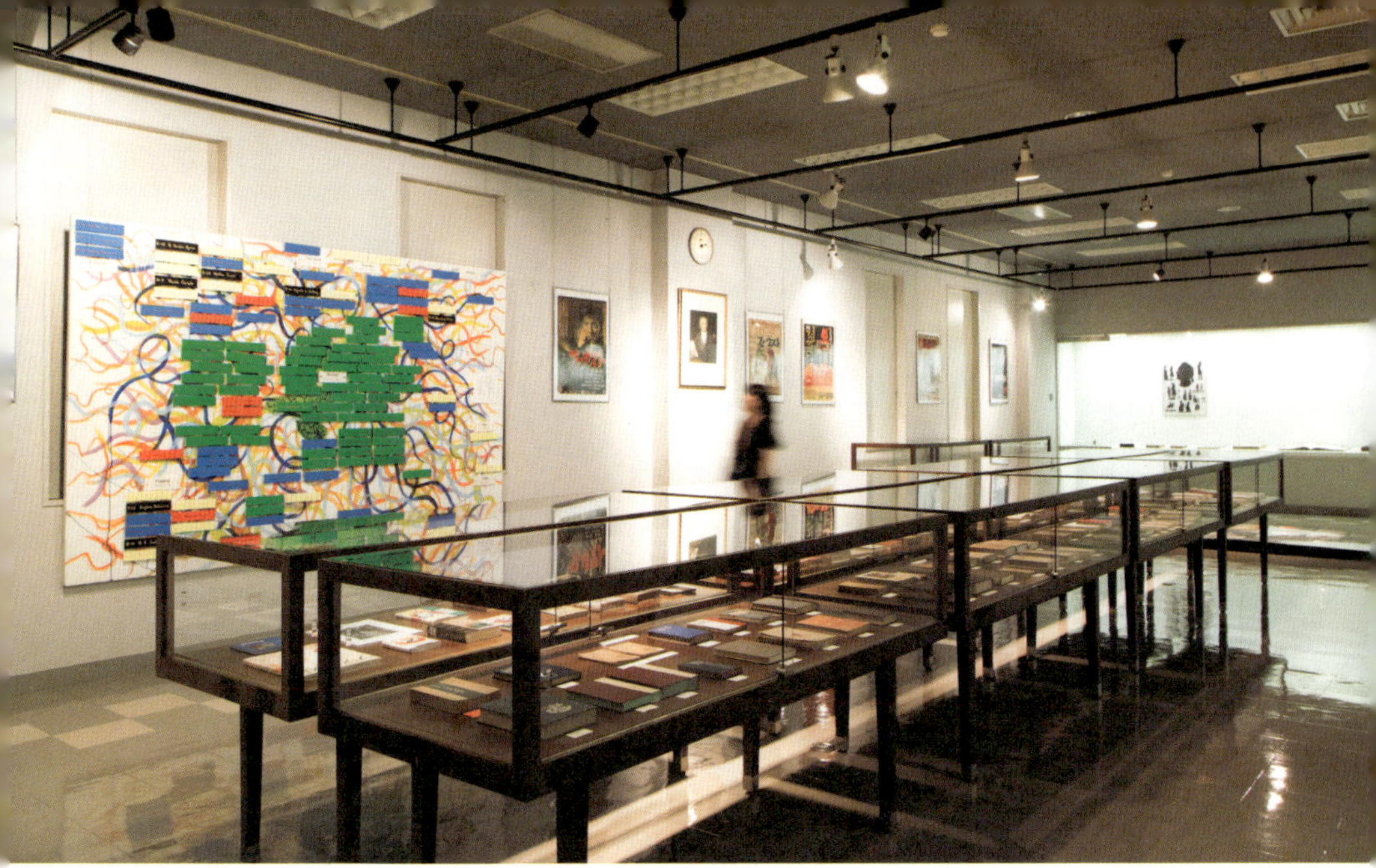

展示は予約不要で鑑賞できる。過去には『ファウスト』などの著作や「旅」「音楽」などがテーマに

左／1990～94年の「ゲーテ・アート・プロジェクト」にて製作された交友図。ゲーテの交流の広さがうかがえる
右／圧巻の全143冊ヴァイマル版ゲーテ著作集。展示されるドイツ語版原典や貴重な豪華本はすべて実物

DATA

東京都北区西ヶ原2-30-1
03-3918-0828
11:00～16:30
（ただし資料閲覧は予約制）
休 日・月曜・祝日
¥ 無料
東京メトロ南北線「西ヶ原」駅より
徒歩5分

『色彩論』を著すなど自然科学の研究にも才覚を示し、「文豪」の言葉に収まらない彼の活動を表現した作品

THOUGHT

ラスキン文庫

上／ジョン・ラスキン著『ヴェニスの石』原書。
左下／軽井沢彫の書棚が美しい閲覧室
右下／『建築の七燈』の原書。見返しのマーブル模様があざやかで美しい。

DATA

東京都中央区銀座2-4-12　MIKIMOTO Ginza 2　地下1階
03-3542-7874　12:00～17:00（電話・FAXにて要予約）
休 日・月曜・祝日　¥ 無料
東京メトロ有楽町線「銀座一丁目」駅より徒歩2分
春に研究講座、秋に講演会をそれぞれ開催

FREE

現代にこそ知りたい ジョン・ラスキンの魅力

ジョン・ラスキンはターナーやラファエル前派の画家と交流し、『近世画家論』『建築の七燈』などで名を成したイギリスの美術評論家です。『この最後の者にも』では政治経済について言及するなどその思想の分野は広範囲に及び、アーツ・アンド・クラフツ運動をおこしたウィリアム・モリスや日本の白樺派など、多くの人物がその影響を受けました。御木本幸吉の長男、御木本隆三氏もその1人。ラスキンの研究に情熱を注いだ氏の遺志を継いだ子息、息女の尽力によって1984年に当文庫が開設しました。原書や研究書、氏がラスキンの思想を広めるために刊行した『ラスキン協会雑誌』など約5500点の資料が閲覧できます。

POETRY

文京区 石川啄木
終焉の地歌碑・顕彰室

歌碑には啄木の故郷、盛岡・姫神山の花崗岩を使用。直筆原稿（複製）や壁に見られる筆跡のやわらかさに驚く

DATA

東京都文京区小石川5-11-8
03-5803-1174（文京区アカデミー推進課観光担当）
9:00～17:00　休 定休日なし　¥ 無料
東京メトロ丸ノ内線「茗荷谷」駅より徒歩7分

FREE

薄命の歌人・啄木の最期の息吹を感じて

「はたらけど／はたらけど猶わが生活楽にならざり／ぢつと手を見る」などの短歌で知られる石川啄木は、明治44年、文京区小石川（旧久堅町）に居を構えましたが、肺結核などの病に苦しみ、26年の短い生涯を閉じます。その跡地の隣に建つ歌碑には、最期の歌とされる二首が。ガラス張りの顕彰室では、同二首を収めた原稿（複製）や啄木一家を支えた山本千三郎・とみ子宛書簡（複製）などを展示しています。

　病や貧困のイメージが先行しがちですが、奔放な恋愛や人間味あふれる感情を描き出す表現のみずみずしさも、啄木の魅力。小さな一室ながら、そんな一面に触れるきっかけを与えてくれる場所です。

NOVEL

賀川豊彦記念 松沢資料館

礼拝堂のステンドグラスは、賀川自身がデザインしたもの。室内にやわらかな光を落としている

DATA

東京都世田谷区上北沢3-8-19　03-3302-2855
10:00〜16:30（入館は16:00まで）
休 日・月曜　¥300円（小・中・高校生、65歳以上200円）
京王線「上北沢」駅より徒歩3分

ノーベル賞候補作家の机を離れた偉業の数々

社会運動の一環として300もの著作を残した賀川豊彦。キリスト教の博愛精神を実践してノーベル賞候補となり日本以上に海外で知られる人物です。

彼が設立した教会を移築したこの資料館では、パネルや直筆資料等により、スラム街での貧民救済活動に捧げられた人生が紹介されています。その中には、大正9年発刊の自伝的小説『死線を越えて』の一部を成した『再生』の直筆原稿も。100万部を超えるベストセラーとなり、印税はほとんど救済活動にあてられたといいます。一時的な救済にとどまらず、根本的な解決に身を投じた賀川の生き様は、効率偏重の現代に一石を投じてくれるはずです。

HAIKU

江東区砂町文化センター 石田波《は》郷《きょう》記念館

展示品は遺族から寄贈されたものですべて実物。「波郷の面影」コーナーでは遺品や肖像画が彼の姿を描き出す

DATA

東京都江東区北砂5-1-7　江東区砂町文化センター内
03-3640-1751　9:00～21:00
休 第1・3月曜（祝日の場合は開館）¥ 無料
都営新宿線「西大島」駅、JR総武線「亀戸」「錦糸町」駅、東京メトロ東西線「東陽町」駅より都営バス「北砂二丁目」下車徒歩8分

FREE

命を見つめ地元愛を描いた昭和を代表する俳人

正岡子規、河東《かわひがし》碧梧桐《へきごとう》などの俳人と同じ松山生まれの石田波郷。水原秋桜子《しゅうおうし》に師事し、12年暮らした江東区・砂町を第二の故郷として愛した彼は、ありのままの砂町の風景を「焦土諷詠」や『江東歳時記』などの作品に残しました。

その地に建つ同館では、『江東歳時記』連載時にみずからシャッターを切ったカメラやスケッチのほか、亡くなるまで結核と闘い続けた波郷とともにあった杖などの遺品を展示。その半生を病と闘いながら残した「七夕竹／惜命の文字／隠れなし」などの療養俳句とともに、「俳句をつくることは生きることである」という信念が、苦しみの中でも失われなかったことを伝えています。

相関図でわかる
文豪たちの人間模様
▶明治編

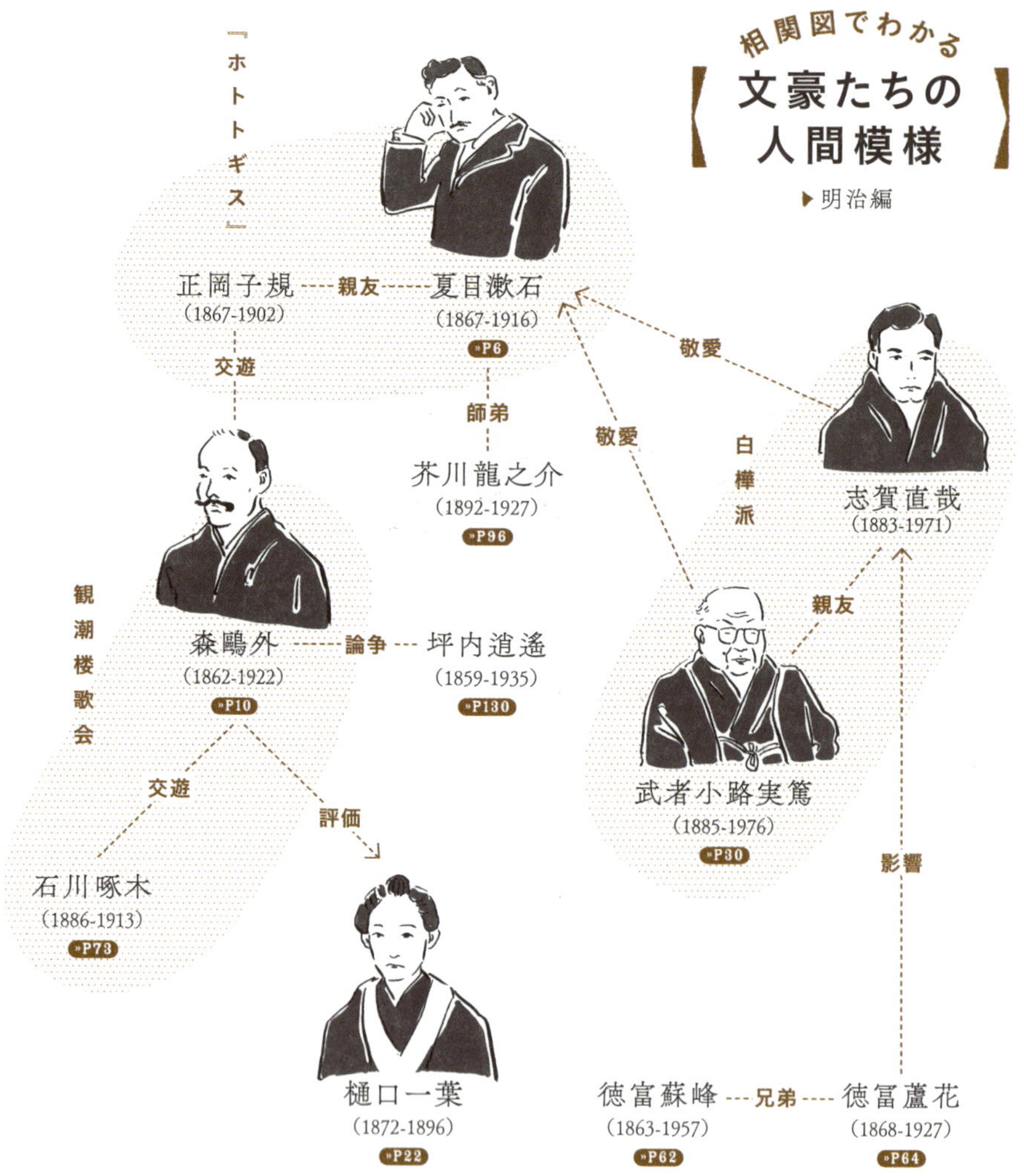

江戸から明治への架け橋となった世代

文豪たちの世代の差を知ると、作品がよりいきいきと感じられます。

幕末・慶応3年生まれの夏目漱石と、明治25年生まれの芥川龍之介は、親と子ほどの年齢差がありました。二人は師弟関係にあり、漱石の激賞を受けて、芥川は文壇に羽ばたいていきます。また、二人の間の世代にあたる志賀直哉は、東京帝国大学文学部で教師時代の漱石の講義を受講しています。武者小路実篤も、漱石を慕った文豪の1人です。志賀と実篤は、学習院中等科からの生涯の友でもありました。

漱石は39歳と遅咲きのデビューだったこともあり、年上の森鷗外や徳富蘇峰のほか、樋口一葉も漱石より早い時代に活躍していました。そんな背景を思い浮かべながら、描写を比べるのも面白いかもしれません。

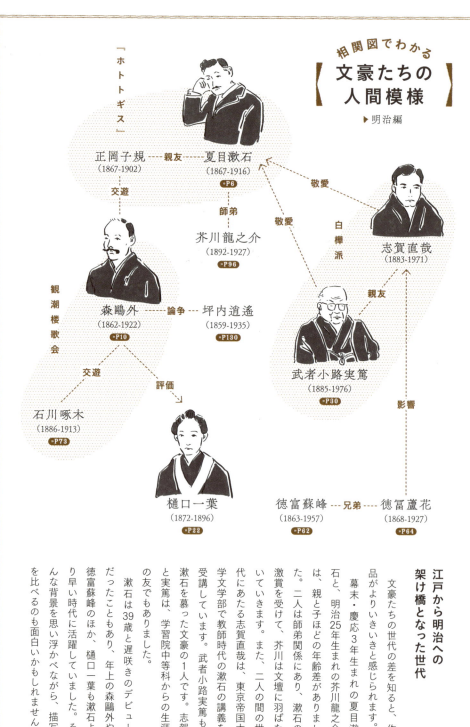

CHAPTER

2

さまざまな作家と出会う

LITERATURE

日本近代文学館

POINT

» 130万点にのぼる近代文学関係資料

原稿・書簡・遺品など多くの文庫やコレクションを収蔵

» 単行本や雑誌が読める閲覧室

初版本のほか国会図書館にもない雑誌が手に取って読める

» 近代文学をテーマにしたブックカフェ

作家や作品をイメージし丁寧に仕上げられたメニューが並ぶ

名だたる文豪の資料が揃う近代文学コレクション

日本の近代文学は世界からも高い評価を受けながら、関東大震災や第二次世界大戦での空襲、発禁などにより、たびたび資料散逸の危機にさらされてきました。これを憂えた高見順、川端康成らの作家や研究者の呼びかけがきっかけとなり、昭和42年、日本近代文学館が開館するに至ります。資料の多くは作家や遺族、出版社から寄せられたものです。芥川龍之介の『歯車』原稿、初代理事を務めた高見順の旧蔵雑誌2500冊、谷崎潤一郎の『細雪《ささめゆき》』私家版、与謝野晶子の短冊や色紙、第1回から現在までの芥川賞・直木賞受賞作原稿、1万点以上に及ぶ志賀直哉コレクション……。合計130万点にのぼる圧倒的な量の資料が収蔵されています。

作家同士の関わりや、同時代の出来事を広く捉えた深い展示ができるのは、この膨大なスケールを持つ同館ならでは。何度も読んだ作品も、ここに来れば違った視点で見えてくるかもしれません。

駒場公園の緑を窓いっぱいに感じられる閲覧室。婦人雑誌の型紙や化粧の歴史などを調べに来る人もいるそう

同館は名著の複刻も行う。デザインだけでなく紙の種類にまでこだわった初版複刻版が閲覧室で読める

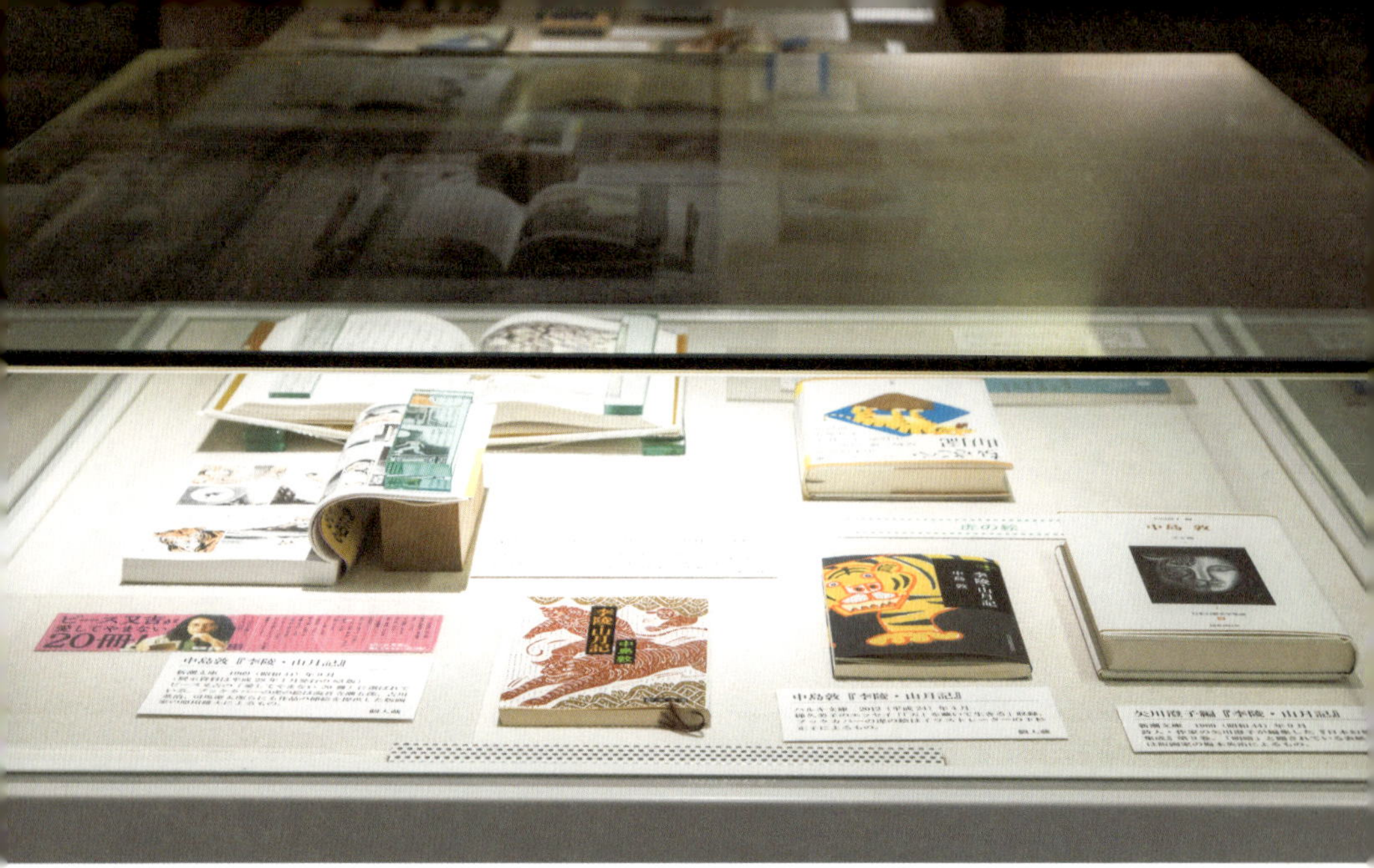

単行本や原稿など当時の資料だけでなく、派生して生まれた現代のメディアを取りあげることも

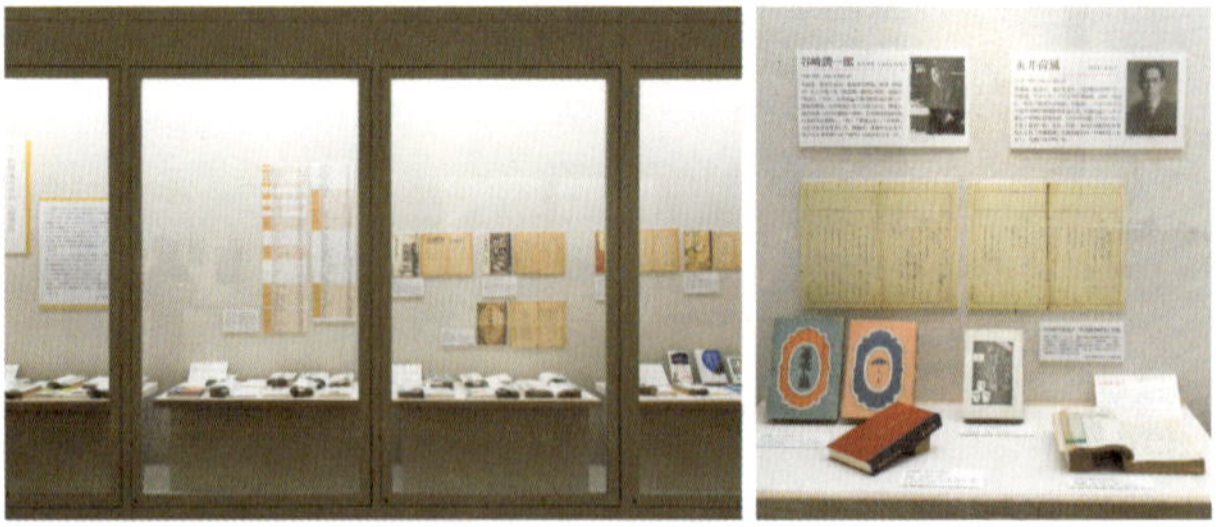

企画展「中島敦『山月記』とその時代」より。各時代の教科書や同時代の文学との関わりに迫る

近代文学の「今」を深く見つめる展示

こうした収蔵品のほか、現代のメディアに注目した展示も行っている同館。小説を漫画化した作品や、モダンな表紙の新装版、映画のDVDやCDといった資料も組み合わせることで、原作から派生したイメージの最大公約数も見えてきます。ブックカフェ『BUNDAN COFFEE & BEER』の、コーヒー『芥川』や森瑶子の『ヨロン丼』、梶井基次郎の『檸檬パフェ』といったメニューも、そんな作品のひとつと言えるかもしれません。

「近代」という言葉は過去を表す言葉になっていますが、この文学館を訪れれば、今に連なる現在進行形のものとして、近代文学を捉えられるはずです。

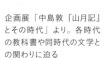

『BUNDAN COFFEE & BEER』では、豊島与志雄の使ったソファに腰掛け文学薫る食事が楽しめる

絵はがき（各90円）やクリアファイル（各430円）などのグッズも多数の文豪のものが揃い、目移りしてしまう

COLUMN ‖ カードがもたらす出会い

同館のライブラリーでは、OPACによるデジタル検索のほか、昔ながらのアナログなカードによる検索も行えます。木の引き出しから、無作為にめくるカードが、思いもよらない名作と引き合わせてくれるかもしれません。Amazonとも書店のおすすめとも違った、全く偶然の出会いを楽しんでみては。

DATA

東京都目黒区駒場4-3-55
03-3468-4181
9:30〜16:30（入館は16:00まで）
休 日・月曜、第4木曜、
2月と6月の第3週（特別整理期間）
¥ 300円
京王井の頭線「駒場東大前」駅より徒歩7分

HISTORY

東洋文庫ミュージアム

POINT

» 約100万冊の膨大な蔵書

日本、中国などアジア各国に加え、北アフリカの資料も収蔵

» 美しい浮世絵などの美術作品

非常に保存状態のよい浮世絵や各国の挿絵も魅力的

» 知識がなくても楽しめる空間演出

特許技術を用いた、歩くだけでも楽しめる空間づくり

東洋の知恵が一堂に会した歴史と美術の殿堂

アジア各国および北アフリカの文献のほか洋書も加わり、約100万冊の蔵書を誇るミュージアム。アジアを広く網羅するコレクションは世界的にも貴重で、東洋学研究コレクションとして日本最大の規模を誇ります。

この壮大な文庫は、三菱三代当主・岩崎久彌により大正13年に設立されました。そのもとになったのが、北京在住のロンドン・タイムズ記者、G・E・モリソンから70億円かけて買い取った書籍・絵画・冊子等を含む約2万4000冊の文庫です。そそり立つモリソン書庫はまるで『ハリー・ポッター』の世界のよう。こうした貴重な文庫を空襲からも守り抜き、デジタルブックや閉架式の閲覧室で一般公開しているのがこのミュージアムです。

蔵書の中には、『史記』などの国宝や重要文化財も。浮世絵は、人の目に触れずしまわれていたものが多く、保存状態がよく色あざやかなものが多く残されています。

FREE

モリソン文庫を「モリソン書庫」として公開。手に取って見ることはできないが、その光景だけでも圧巻

広い展示スペースを要する絵巻物などの資料も、タッチパネル式の画面で気軽に見られるようになっている

ドイツ語訳された日本昔噺のちりめん本。出版当時は、訪日外国人にお土産として大人気だった

『悪を裁く！—さまざまな刑罰』と題された展示。『三国志』と『日本書紀』を比べるなど比較文化的側面も

左／「クレバス・エフェクト」が施された、ミステリアスな「回顧の路」。廊下のようなスペースの壁にも展示が
右／ミュージアムと「オリエント・カフェ」を繋ぐ「知恵の小径」。アジア各地の名言が原語で刻まれている

東洋の歴史が生んだファンタジー空間

　広く親しんでもらうための最先端技術を用いた展示や、ユニークな仕掛けも同館の魅力。実際は10センチほどしかない床下空間を底なしのように見せる「クレバス・エフェクト」という技法などのここでしか見られない特許技術とともに、アンティーク調の展示ケースを用いた空間は、歴史にあまりなじみのない人も夢中になってしまう面白さです。

　また、各国の資料を集めているという性格から、ひとつのテーマをさまざまな角度から見つめる展示も同館ならでは。国同士の比較だけでなく、史実と物語の違いにも意識を向けたり、ハワイやロシアをテーマに取りあげたりと、ものごとを多面的に捉える視点が自然と養われていきます。

上／小岩井農場運営の「オリエント・カフェ」を庭園から望む。中庭にはシーボルト『日本植物誌』掲載の植物も
右／1日10食限定のランチ「マリーアントワネット」。『イエズス会士書簡集』を模した漆塗りの重箱も美しい

ミュージアムショップには、小岩井バタークッキーやモリソン書庫の蔵書票を模したしおりなどが

COLUMN ‖ 浮遊感のあるユニークな建築

エントランスからオリエントホールへと続く1Fの空間は、ガラスをうまく利用することで、ひとつながりの空間に見える工夫がなされています。オリエントホールからモリソン書庫に続く階段「モンスーンステップ」や、鏡の効果を利用した階段下の関連書籍スペースも、足場が浮いているかのような不思議な構造で目を引きます。

DATA

東京都文京区本駒込2-28-21
03-3942-0280
10:00～19:00（入館は18:30まで）
休 火曜
¥ 900円（小学生290円、中・高生600円、大学生700円、65歳以上800円）
都営地下鉄三田線「千石」駅より徒歩7分

世田谷文学館

POINT

» 世田谷ゆかりの文学者に関する展示

横溝正史などの推理小説作家や映画関係者に関する資料が豊富

» 斬新な空間デザインやアートワーク

おなじみの名作に現代のアーティストの手で新たな光をあてる

» 立体作品『ムットーニのからくり劇場』

文学作品の世界観をからくり人形で表現した、ドリーミーな作品群

「ブンガク」の幅をひろげる広い視点と自由な展示

日だまりの中、鯉がゆうゆうと泳ぎ、モダンな建物が訪れる人を迎える世田谷文学館。ここでは世田谷ゆかりの文学や作家だけでなく、広く「ことば」を捉えた展示が待っています。区内の砧《きぬた》に東宝の撮影所があったことから、周辺には映画関係者が多く、推理作家の横溝《よこみぞ》正史《せいし》や海《うん》野《の》十三《じゅうざ》、小栗虫《おぐりむし》太郎《たろう》なども世田谷で暮らしました。現在に軸足を置いた企画展は、現代の漫画、音楽なども自由に取り入れています。

また、作品の背景だけでなく、作品そのものを楽しめる展示も見どころ。壁面に大きく林芙美子の詩をあしらい、展示室の空間を1冊の詩集のようにアレンジしてみせた『林芙美子　貧乏コンチクショウ展』（2018年）のように、作品の根底に流れるメッセージを捉えつつ、斬新なアートワークで魅せる展示にワクワクが止まりません。ファンはもちろん、その人物を知らない人が訪れても楽しめる仕掛けが、この文学館をより魅力的なものにしています。

おだやかな住宅街に建つ同館。石柱に刻まれた施設名は、世田谷区に住んだ俳優の森繁久彌氏が揮毫したもの

『林芙美子　貧乏コンチクショウ展』より。現代のアーティストによる空間やチラシなどのデザインが新たな魅力を生み出す

気に入った一節を自由に持ち帰れるようカードを置くなど、文学館を出ても楽しみが続くような工夫も

中原中也の詩『地獄の天使』が武藤政彦氏の手でからくり劇場となり、新たな命が吹き込まれる

『からくり劇場』のほか、世田谷ゆかりの作家に関するコレクション展を開催。こちらは歌人・斎藤茂吉の短冊

文学のイメージに新たな命が吹き込まれる

自由に装いを変える企画展示に加え、コレクション展もユニークさにあふれています。幻想的な光と音が文学世界を繰り広げる「ムットーニ」こと武藤政彦氏の『からくり劇場』は、２０１８年にリニューアルし、芥川龍之介『蜘蛛の糸』など新たな作品が加わりました。作品を読んだことのある人は、自分の頭の中で描いた風景と比べることで、新たな発見があるはず。

また、作家がセレクトした本を紹介し、キッズエリアも備えたライブラリー「ほんとわ」など、無料で利用できる施設も充実。公園のように気軽に訪れることができ、文学の幅を広げてくれるミュージアムとして、これからも目が離せません。

ムットーニチケットホルダー（410円）のほか、企画展にあわせたオリジナルグッズのデザインが魅力的

光あふれるロビーやミュージアムショップのほか、カフェやライブラリーは入場無料で自由に利用できる

DATA

東京都世田谷区南烏山1-10-10
03-5374-9111
10:00～18:00（入館およびミュージアムショップ利用は17:30まで）
喫茶どんぐり11:00～17:00（16:30LO）
休 月曜（祝日の場合は翌平日）
¥ 200円（小・中学生100円、高・大学生150円、65歳以上100円）
※企画展等開催時は変動
京王線「芦花公園」駅より徒歩5分

COLUMN ‖ 珠玉のムットーニコレクション

自動からくり人形作家・武藤政彦氏の作品は、さまざまなミュージアムで展示されていますが、コレクション展として公開されている作品が特に多いのが同館です。海野十三『月世界探検記』や萩原朔太郎『猫町』などの作品が、毎時30分に上演されます。併設の「喫茶どんぐり」などでひと休みすれば、全部観られるかも?

鎌倉文学館

POINT

» 文人たちを惹き付けた鎌倉の景色

文学者の心を捉えた豊かな自然と歴史は今も健在

» 緑に包まれた歴史ある建物

旧前田侯爵家の別荘の敷地と建物が文学館に生まれ変わった

» 鎌倉ゆかりの文学者に関する展示

川端康成をはじめ約340名の文学者をかわるがわる取りあげる

「鎌倉文士」の魅力をいっぱいに詰め込んだ洋館

海を向こうに、山を背にした風光明媚な鎌倉は、古くは『万葉集』にもうたわれ、奈良・平安時代から文学に登場する地です。由比ヶ浜を望む小高い丘に建つこの文学館には、川端康成をはじめ鎌倉ゆかりの文学者約３４０人の原稿や手紙、愛用品などの資料が収められています。

旧前田侯爵家の別邸として建てられ、元首相の佐藤栄作も別荘としたこの建物は、優雅さと力強さをあわせ持つその美しさから、三島由紀夫の小説『春の雪』に登場する別荘のモデルにもなっています。

昭和初期頃までは、作家の家を編集者や弟子入り志願者などがふらりと訪れることも珍しくなく、東京に近くも静かな環境を持つ鎌倉は、人気作家にとって絶好の土地だったようです。作家の久米正雄を中心として貸本屋「鎌倉文庫」やカーニバルを開くなど、文士たちの交流も盛んでした。美しい風景とともに、館内のパネル展示からはそんなにぎやかな風景も垣間見えます。

ちょっと足をのばして

FREE

柱などをむき出しにしたヨーロッパのハーフティンバー様式をベースに、随所に和の要素を取り入れている

緑豊かな正門からの風景、ステンドグラスも美しい展示室、春と秋にはバラの咲き乱れる庭園と見どころが多い

かつては食堂として使われていた展示室。奥の小窓から配膳されたという。現在は古典～昭和にかけての展示が

高浜虚子直筆の選句稿と、娘・星野立子が愛でた兎の置物。（取材時）親子の情抜きに娘の才能を認めていたという

今も増え続ける
新しい鎌倉ゆかりの文学

　往時の侯爵家別邸の意匠が残る常設展示室は、同館の見どころ。ランプシェードやラジエータグリルなども凝ったつくりで目を楽しませてくれます。雰囲気にあわせ展示ケースも家具調となっており、窓の外に広がる美しい眺めと貴重な文学資料を同時に味わえます。

　過去の作品や作家を紹介する文学館が多い中、今も多くの人を惹き付けている鎌倉は、現代の小説や漫画にも繰り返し描かれています。新しい鎌倉ゆかりの文学も取り込みながら、未来に向かって羽ばたいている文学館という点でも、同館は貴重な存在です。今訪れている子どもたちが新たな鎌倉文士に数えられる日も、近いかもしれません。

同館のシルエットやステンドグラスをモチーフにした、鎌倉文学館ブックマーカー（各432円）が人気

上／前田家当主が幼少期に寝室として使っていた部屋。昭和10年の鎌倉のジオラマと、現在の風景を比べてみよう
下／日本の伝承を取り入れた富安陽子氏の作品。（取材時）鎌倉ゆかりの人物以外を取りあげることも

DATA

神奈川県鎌倉市長谷1-5-3
0467-23-3911
3月～9月／9:00～17:00
10月～2月／9:00～16:30
（入館は閉館30分前まで）
休 月曜（祝日の場合は開館）
※5・6・10・11月は月1回の休館日を除き開館
¥ 300円または400円
（小・中学生100円または200円）
※展覧会等開催時は変動
江ノ電「由比ヶ浜」駅より徒歩7分

COLUMN ‖ 元首相も愛した美しい眺め

座って休憩できる談話室の外にはバルコニーがあり、来館者も外に出ることができます。佐藤栄作はもうひとつ上のフロアのバルコニーで演説の練習をしていたのだとか。タイワンリスやセキレイも棲む緑豊かな庭園と、海を望むこの風景を眺めていると、そんな気持ちもわかるような気がします。

LOCAL

小田原文学館

POINT

» 小田原を愛した文学者に関する展示

小田原出身・在住の文学者20数名を取りあげている

» 南欧風の本館と緑豊かな庭園

のびやかな雰囲気を持つスペイン風建築と庭園が美しい

» 白秋童謡館と尾崎一雄邸書斎

楼閣風の和風建築と移築された尾崎一雄邸が別館になっている

おだやかな海と緑の地に小田原文士の知性が満ちる

「山よし海よし天気よし」とこの地を讃えた斎藤緑雨《りょくう》をはじめ、明治時代以降小田原ゆかりの文学者を紹介する文学館。アメリカを経由して取り入れられたスパニッシュ様式の洋館を展示室に改修し、明治時代以降この地に集った文学者の資料を公開しています。1階には、海辺の物置小屋で約20年間にわたり創作活動を行ったユニークな私小説家・川崎長太郎《ちょうたろう》や、島崎藤村らと『文學界』を創刊した北村透谷《とうこく》など、小田原出身の作家を紹介。2階では小田原在住経験を持つ作家を取りあげ、同館近くに居を構えた谷崎潤一郎や、小田原時代に交遊があった三好達治《たつじ》と坂口安吾などの資料が目を引きます。

別館の白秋《はくしゅう》童謡館では、『雨ふり』など数々の童謡を残し、日本で初めてマザーグースの本格的翻訳を行った北原白秋の展示も。園内には芥川賞受賞作家・尾崎一雄の書斎も移築されており、富士山を眺めたという愛用の双眼鏡やウイスキー瓶などが当時の雰囲気を伝えています。

ちょっと足をのばして

上／明治時代に宮内大臣を務めた田中光顕の別荘を利用している。エメラルド色の丸い瓦が美しい
下／坂口安吾のコーナー。居住地の写真や単行本、尾崎士郎から送られた書簡などが展示される

DATA

神奈川県小田原市南町2-3-4
0465-22-9881
9:00〜17:00（入館は閉館30分前まで）
休 定休日なし
¥ 250円（小・中学生100円）
JR東海道本線その他「小田原」駅より
伊豆箱根バス「箱根口」下車徒歩5分

市内にあった尾崎一雄邸の書斎を移築。極力旧宅の部材を活用しており、文机のほか建具なども当時のもの

LOCAL

田端文士村記念館

POINT

» 芸術家村として栄えた田端の風景

閑静な農村に集った芸術家たちの姿を芸術作品やパネルで描く

» 文学者たちが繰り広げる人間模様

大正・昭和に集まった文士たちの交流を知ることができる

» 現在の街を歩き足跡をたどる

地図などの資料やガイドツアーを頼りに街歩きも楽しみたい

芥川龍之介などの文士や芸術家が集った奇跡

明治22年、上野の東京美術学校（現・東京藝術大学）の開校や田端駅開業をきっかけとして、上野に近い田端は画家の小杉放庵《ほうあん》や陶芸家の板《いた》谷波山《やはざん》らが住む芸術家村となりました。さらに大正に入って芥川龍之介や室生《むろう》犀星《さいせい》が転入すると、彼らを慕う作家が次々と集まり、文士村としても花開きます。約半世紀の間、わずか1km四方の土地に、二葉亭四《ふたばていし》迷《めい》、萩原朔太郎、林芙美子、岡倉天心、竹久夢二など100人あまりの文士や芸術家が集ったのだとか。

同館では彼らの作品や自筆原稿のほか、芥川の田端の家を約30分の1サイズで復元した模型も展示。原稿用紙のデザインや、犀星からもらった器、大好きな和菓子まで置かれた細かなつくりに思わず目を見張ります。毎月第3日曜日には、彼らの足跡をたどる「田端ひととき散歩」も無料で開催。芥川の勧めで菊池寛が室生犀星の住んでいた家に転居するといった、彼らの密な関係を示すエピソードに興味が尽きません。

年3回の企画展示では、特定の作家を取りあげるほか、作家同士の交流を描き出す横断的なテーマも多い

「芥川龍之介の田端の家の復原模型」のほか、文士や芸術家の住居を示した散策地図も

常設展示では芥川龍之介と室生犀星のパネルがお出迎え。板谷波山工房の窯の煙突部分やゆかりの資料も展示

DATA

- 東京都北区田端6-1-2
- 03-5685-5171
- 10:00～17:00（入館は16:30まで）
- 休 月曜・祝日の翌日（月曜が祝日の場合は翌火・水曜休。祝日の翌日が土日の場合は翌火曜休）
- 第3日曜日（1・2・7・8月は除く）の13:00～田端ひととき散歩（館内説明+散策）
- ¥ 無料
- JR京浜東北線・山手線「田端」駅より徒歩2分

NOVEL

ミステリー文学資料館

POINT

» 国内ミステリー文学の歴史を凝縮

江戸川乱歩、横溝正史などの名作も雑誌連載当時の姿で読める

» ミステリー文学をより深く知る資料

小説の単行本や雑誌だけでなく、研究書も多く揃う

» 年2回のテーマ展示

直筆原稿や作家の愛用品、作品の関連資料も

世界的にも珍しい ミステリー専門図書館

江戸川乱歩の肖像画に誘われ足を踏み入れると、そこはミステリーの宝庫。ここは世界的にも例の少ない、ミステリー文学専門の図書館です。戦前、ジャンルとして確立する前のミステリーは「探偵小説」と呼ばれ、文学的価値が低く資料は散逸していました。こうした状況を食い止めるため、『カッパ・ノベルス』にて松本清張氏、赤川次郎氏、西村京太郎氏などのヒット作を世に届けてきた光文社が国内のミステリー作品を扱った書籍や雑誌、研究書を収集・公開する施設を設立。ミステリーファンの密かな聖地となっています。

江戸川乱歩が『二銭銅貨』でデビューし、横溝正史も編集長を務めた大正時代の『新青年』など、貴重な雑誌も。実物を自由に手に取って読めるにもかかわらず状態のよいものが多く、資料への愛を感じます。作品だけでなく、小説の中の食事や登場人物を研究したものなど関連書も豊富。旧江戸川乱歩邸（p.18）とあわせて訪れるのもおすすめです。

まず目に入る肖像画は乱歩邸の画と似た構図で描かれ、雑誌『宝石』の乱歩還暦記念号の表紙に使われた

昭和21年の『宝石』創刊号（左）には横溝正史の傑作『本陣殺人事件』が掲載。当時の広告や挿絵、カサカサした紙の手触りやにおいにも胸が躍る

貴重な雑誌にはパラフィンをかけ、書籍は帯まで残っているものも多い。丁寧な扱いに資料への敬意を感じる

DATA

東京都豊島区池袋3-1-2
光文社ビル1F
03-3986-3024
9:30〜16:30（入館は16:00まで）
休 日・月曜・祝日
¥300円
東京メトロ有楽町線
「要町」駅より徒歩3分

LOCAL

町田市民文学館ことばらんど

POINT

» 町田市ゆかりの作家

遠藤周作氏をはじめ、近現代の作家を常設パネルや回顧展で紹介

» 文学とことばに関する展示

本の装丁などの出版文化や他ジャンルとコラボした展示を行う

» 児童文学や漫画も取りあげる

小説家や随筆家、詩人だけでなく、絵本作家や児童文学者も紹介

遠藤周作氏をはじめ 町田ゆかりの作家に触れる

随筆家の白洲正子、画家・作家の赤瀬川原平、『のらくろ』で知られる漫画家・田河水泡……この文学館では、2006年の開館以来、町田市ゆかりの作家と出会える展示が続けられています。開館の契機をもたらしたのは、映画化もされた『海と毒薬』『沈黙』などの小説で知られ、25年あまり町田市玉川学園に居住した遠藤周作氏。遺族からの寄贈をきっかけに、幅広く「文学」「ことば」に関する展示を行っています。

1階の文学サロンの壁には、町田市ゆかりの作家たちのパネルがずらり。閲覧室で作品に触れることができるほか、ミニ展示や喫茶スペースも用意され、図書館のように気軽に立ち寄れる雰囲気が魅力です。2階の展示室では、町田市ゆかりの作家の回顧展や、文学・ことばに関する展示を年4回行っており、秋を除き無料で入館できます。入館無料ながら手の込んだ展示がなされており、町田市民ならずともぜひ訪れたいミュージアムです。

作家別にパネル展示と作品が並ぶ文学サロン。三浦しをん氏など現代の作家の作品も読むことができる

左／「喫茶けやき」ではコーヒーや軽食とともに『文藝春秋』『文學界』『すばる』などを読みながら過ごせる
右／町田市在住・在勤・在学の人は、利用登録すれば図書を借りることも可能

DATA

東京都町田市原町田4-16-17
042-739-3420
10:00～17:00（1F文学サロンの利用は22:00まで）
休 月曜（祝日の場合は開館）、第２木曜（祝日の場合は翌平日）
¥ 無料
JR横浜線「町田」駅より徒歩８分

展示「舘野鴻絵本原画展　ぼくの昆虫記」より。子ども向けのテーマであっても、年齢を問わず楽しめる

LOCAL

文京ふるさと歴史館

POINT

» 文京区ゆかりの文人に関する展示

小説家、俳人などが居を構えた土地ならではの資料が豊富

» 旧石器時代～弥生時代の資料

旧石器時代から生活の場となっていたことを伝える発掘資料も

» 江戸に花開いた文教都市の歴史

『新撰東京名所図絵』などで見られる江戸のにぎわいを伝える

旧石器時代からたどる「文の京」の歴史

文学のまち文京区を歴史から深く知りたいなら、ぜひ訪れたいのがこちら。急な坂を上り、文学と密接に関わっている文京区の坂を体感しつつ足を踏み入れれば、「文の京《みやこ》」文京区の歴史を旧石器時代からたどることができます。ちなみに、「弥生時代」の名称の由来は、実は文京区。明治時代に文京区弥生町で発見された「弥生式土器」（複製）も展示されています。

文京区を土地の成り立ちから紹介している同館ですが、文学目線での見どころも満載です。東京大学をはじめとして多くの教育機関が集まったこの地に住んだ夏目漱石、森鷗外、正岡子規、石川啄木のほか、代表作の多くを文京区で書いた樋口一葉などの名だたる文人に関する資料が常設展示されています。江戸時代の街のいきいきとしたにぎわいを伝えるジオラマも、文学作品を読むときのイメージをひろげてくれるはず。起伏に富んだ地形も楽しみながら、文学さんぽの一環に立ち寄ってみては。

FREE

江戸時代、駒込にあった青物市場を再現したジオラマ。土つきの野菜を多く扱ったので「駒込土物店」ともいう

左／太平洋戦争時の「愛国イロハカルタ」をはじめ、子供関連資料も多い。
右／団子坂名物、菊人形のジオラマも見もの

夏目漱石の『吾輩は猫である』をモチーフにしたブックマークのほか、聖橋が描かれた一筆箋などのオリジナルグッズも

DATA

東京都文京区本郷4-9-29
03-3818-7221
10:00～17:00
休 月曜、第4火曜
¥ 100円 ※特別展開催時は変動
東京メトロ丸ノ内線・都営大江戸線「本郷三丁目」駅より徒歩5分

LOCAL

白根記念渋谷区郷土博物館・文学館

POINT

» 渋谷区に住んだ文学者を紹介

与謝野鉄幹・晶子夫妻など明治以降の作家を多数取りあげる

» 渋谷の歴史を伝える資料

鉄道や住宅地開発とともに発展した渋谷区のあゆみを紹介

» 体験型の展示

中に入ったり手に取って体験できる資料が多くアクティブな展示

街も人も若い渋谷に感じる文学の薫り

　若者の街というイメージを持つ渋谷は、隠居した武士の住む下屋敷としての歴史が長く、発展したのは比較的最近です。まだ家賃の安かった明治〜昭和期には、多くの文学者が移り住みました。渋谷区議会議員の故・白根全忠氏に寄贈された宅地に作られた「白根記念郷土文化館」を改築したこのミュージアムは、そんな渋谷の街を紹介する歴史館であり、渋谷区に住んだ文学者を紹介する文学館でもあります。

　入り口ではハチ公像がお出迎え。博物館は本物の縄文土器のかけらがあるほか、江戸時代の民具に触れられたり写真を撮れたりと、体験型の展示が充実しています。文学館では渋谷ゆかりの作家を1人ずつ取り上げ、住んだ時代順に紹介する、ユニークな展示法をとっています。作家が渋谷について触れている文章を読むこともでき、文学者が当時の街をどのように捉えていたかがわかります。見慣れた渋谷の街に、意外な文学の薫りを感じられるはずです。

国木田独歩、田山花袋、徳冨蘆花、北原白秋、大岡昇平、釈迢空（折口信夫）、三島由紀夫などを一人ずつ紹介

三島由紀夫と親交のあった文芸評論家、奥野健男の書斎（復元）。生涯の大半を恵比寿など渋谷区で過ごした

渋谷で夫・鉄幹と東京新詩社を経営した与謝野晶子『みだれ髪』と、東急ハンズそばに住んだ竹久夢二『青い小径』の初版本

DATA

- 東京都渋谷区東4-9-1
- 03-3486-2791
- 11:00〜17:00（入館は16:30まで）
- 休 月曜（祝日の場合は翌平日）
- ¥ 100円（小・中学生50円）
- JR山手線、その他「渋谷」駅より都営バス「国学院大学前」下車徒歩2分

HISTORY

東京都 江戸東京博物館

POINT

» 江戸の街と明治以降の東京を再現

豊富な立体展示で江戸や東京の歴史を感じられる

» 体験型の模型が豊富

中に入ったり手で触れたりできる模型がたくさん

» ほとんどの資料が撮影OK

常設展示室内は撮影可能、人とシェアする喜びも味わえる

一歩足を踏み入れれば江戸時代にタイムスリップ

「江戸から東京まで」のコンセプトの通り、江戸時代から現代に至る江戸・東京の歴史を感じることができる博物館。高床式倉庫をイメージしたユニークな建物は、江戸城の天守閣とほぼ同じ62.2mの高さと1万7562㎡もの面積を誇ります。

なによりの魅力は、実物大の資料を多く用いながら、立体物によって街が再現されていること。実寸大の商店や寺子屋のほか、手で触れて体験できる展示物も充実。撮影OKで、駕籠《かご》に乗っているところをスマホで撮影したりと、タイムスリップ気分を味わえます。明治以降の展示も大変充実しており、浅草のシンボルだった凌雲閣の模型や、高度経済成長期のひばりが丘団地を実寸大で再現したコーナーなど、かつての東京の姿をリアルに体験することができます。無料で利用できる図書室や映像ライブラリーも充実。江戸時代に花開いた数々の文化と、文豪たちが描いた東京を体験できる、またとないミュージアムです。

絵草紙屋を実物大で再現。相撲絵や美人画のほか歌舞伎役者を描いた錦絵が人気を誇った

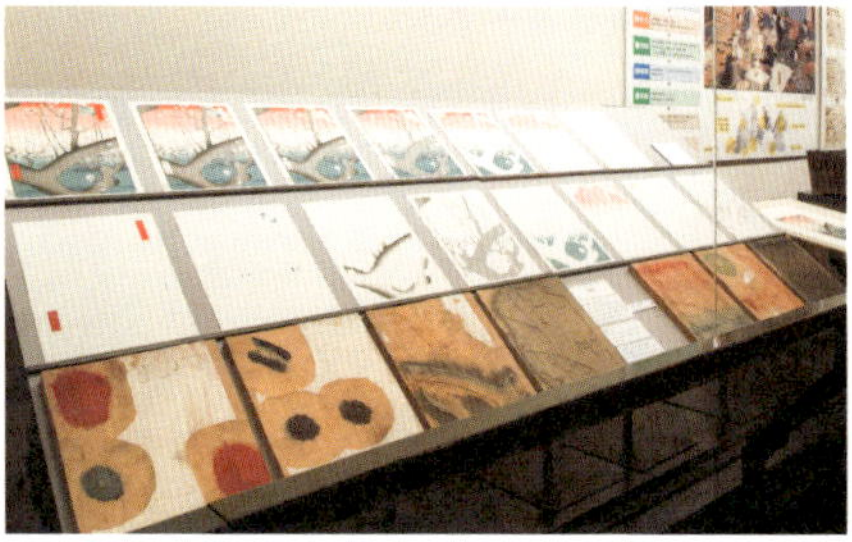

錦絵のできる過程や『修紫田舎源氏』といった小説など、江戸時代に花開いた出版文化も大きく取りあげている

DATA

- 東京都墨田区横網1-4-1
- 03-3626-9974
- 9:30～17:30（土曜は～19:30）
- 休 月曜（祝日の場合は翌平日）
- ¥ 600円（中・高校生・65歳以上300円）
※都内在住・在学の中学生まで無料、特別展は別料金
- JR総武線「両国」駅下車 徒歩3分

浮世絵グッズのほか、日本橋欄干の擬宝珠（ぎぼし）をイメージした公式キャラクター「ギボちゃん」ぬいぐるみなどのお土産も

HAIKU

公益社団法人 俳人協会・俳句文学館

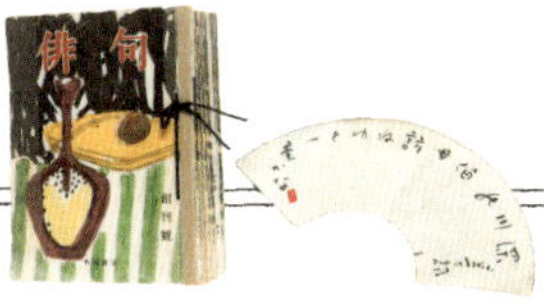

POINT

» 近代からの俳句のすべてが揃う図書館

各地の句集が集められ、閉架式の図書館として公開されている

» 俳人の直筆色紙や短冊の展示

展示室で近代からの俳人の直筆作品を鑑賞できる

» 季題を体感できる環境づくり

俳句を作るための心を養う活動が盛んに行われているのも特徴

世界で一番短い詩・俳句の今に生きる姿を実感

明治以降の近代俳句資料を保存する同館で最も充実しているのは、各地にある400以上の俳句結社から大量に送られてくる結社誌です。正岡子規や高浜虚子が編集し、夏目漱石の小説発表の場ともなった『ホトトギス』が揃うほか、現代の最新の結社誌が、この文学館に集められています。国会図書館にない資料も多く、その充実ぶりは、ここになければ他にはない、と言われるほど。そのため、俳句の評論を書く研究者のほか、亡くなった家族の句集を作るために訪れる遺族の方もいるとか。受付で申し出れば、中村草田男などの直筆による色紙や短冊を見ることもでき、近代からの俳句の昔と今を同時に感じられるのが魅力です。

会議室では句会や講座が開催されるほか、季節の野菜を育ててその重みを肌で感じたり、昔の遊びを体験したりと、季語を体で感じられる試みも。鉛筆1本で気軽に作れる俳句の楽しさを、もう一度見直してみたくなる施設です。

FREE

公益社団法人俳人協会の運営する世界唯一の俳句文芸専門資料センター。明治以降の資料を中心に保存する

全国俳句大会などの実施のほか、俳句を教える側の人材育成として教師向けや俳句指導ボランティアの講座も開催

設立に関わった先人（角川源義など）のものを中心に、近代からの俳人の色紙、短冊、扇などを実物で展示

年4回行われる俳句講座は90人の定員が抽選になるほどの盛況ぶり。数々の結社誌にもその勢いが感じられる

DATA

- 東京都新宿区百人町3-28-10
- 03-3367-6621
- 10:00～16:00（第2金曜は～19:30）
- 休 水・木曜
- ¥ 無料（図書室入室の場合100円）
- JR中央・総武線「大久保」駅より徒歩5分

DOCUMENT

国立公《こう》文《ぶん》書《しょ》館

POINT

» 明治以降の政府の公文書を保存

現代の最新の公文書も毎年約3万点受け入れ、公開を進めている

» 政府が集めた古書・古文書を公開

江戸幕府から受け継がれた文学資料や図鑑なども閲覧できる

» 年約6回の展示を行う

国のあゆみを体感できる貴重な資料を多数展示

〝歴女〟も興奮の資料満載 親しみやすい企画展も注目

「国立公文書館」は、政府の公文書を永久に保存し、広く公開するため設立された機関で、江戸幕府に献上された本や明治政府が買い入れたものも収められています。徳川家康は非常に勉強熱心な人物であり、江戸幕府から受け継がれたコレクションの中には、『吾《あ》妻《づま》鏡《かがみ》』のように現代では文学と捉えられている資料も豊富。また、ユーモラスな妖怪の絵が描かれた江戸時代の古書や、色鮮やかな博物図や古地図なども見どころとなっています。

　こうした資料が、保存やプライバシー上の問題のあるものを除き、原本で閲覧できるのがすごいところ。歴史好きにとっては、あこがれの人物の直筆を見られるだけでも興奮ものです。年に約6回行われる展示には同館の意義を広く伝える役割があり、「公文書」というイメージを覆すバラエティ豊かな資料が並びます。古書の絵などを眺めるだけでも楽しく、歴史や政治に関心のない人にもぜひ訪れてほしい場所です。

常設の「大日本帝国憲法」、「日本国憲法」、「終戦の詔書」。当時の各大臣による署名も一見の価値あり

美しい絵や装飾の施された資料も多い。入口の標識は、「平成」の文字を揮毫した書家のもの

DATA

- 東京都千代田区北の丸公園3-2
- 03-3214-0621
- 展示会ごとに異なる
  ※閲覧室は9:15～17:00
  (入室は16:30まで)
- 休 日曜・祝日
- ¥ 無料
- 東京メトロ東西線「竹橋」駅より徒歩5分

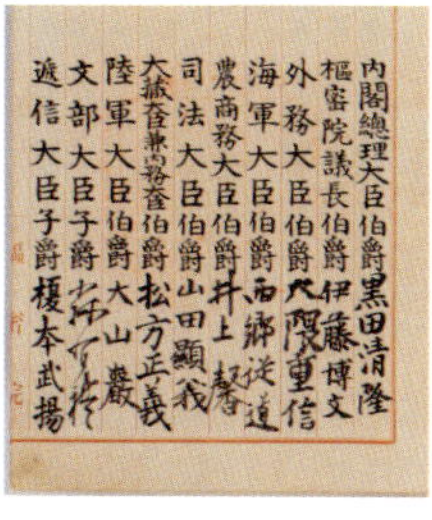
内閣總理大臣伯爵黒田清隆
樞密院議長伯爵伊藤博文
外務大臣伯爵大隈重信
海軍大臣伯爵西郷従道
農商務大臣伯爵井上馨
司法大臣伯爵山田顕義
大藏大臣兼內務大臣伯爵松方正義
陸軍大臣伯爵大山巖
文部大臣子爵
遞信大臣子爵榎本武揚

大日本帝国憲法御署名原本。字を書かないことで有名だった大隈重信の署名はたいへん珍しいもの

HISTORY

学習院大学史料館

POINT

» 皇室や華族ゆかりの史料

紙史料のほか装束や日用品、下賜品などが当時の輝きを伝える

» 卒業生や学内関係者に関連する資料

小説家の辻邦生、歴史学者の児玉幸多らが残した膨大な資料も

» 明治期の優雅な学校建築を堪能

三島由紀夫作品の舞台ともなった国登録有形文化財の美しい建築

明治期からの学び舎に白樺派や三島の軌跡をたどる

華族の教育を目的に設立された学習院のキャンパス内に建つこの史料館は、元々は図書館として明治42年に建てられたものでした。昭和50年に史料館となって以来、学習院出身者の資料や江戸時代の古文書を数多く収蔵し、年4回の企画展で公開しています。また、歴史学者・児玉幸多の収集した「児玉文庫」など8つの文庫をはじめとする書籍や雑誌は、学外の人も閲覧が可能。元図書館ならではの自然光あふれる閲覧室で、ゆったりと読書が楽しめます。

文学関係で特に充実しているのは、学習院の教授も務めた小説家・辻邦生に関する資料。自筆原稿、創作ノート、イラスト、書簡など約4万点を収蔵しています。また、学習院は志賀直哉らが雑誌『白樺』を生むとともに、三島由紀夫が初等科から高等科まで通った学校であり、三島の小説『春の雪』にはこの建物も登場します。作品の舞台や三島の見た風景をたどる、小さな旅を楽しんでみてはいかがでしょうか。

FREE

「学校建築の父」久留正道による設計。瓦や漆喰の壁に西洋風の板張りを組み合わせた和洋折衷の木造建築

建物の細かな部分に学習院の校章である桜のモチーフが。探しながら歩くのも楽しい

展示「背教者ユリアヌス」より。辻邦生のギリシャ語練習帳や創作ノート、手描きの地図などが凝縮されている

DATA

東京都豊島区目白1-5-1
03-5992-1173
9:30〜17:30（11:30〜12:30は閉室、土曜は12:30まで）
日曜・祝日　¥ 無料
R山手線「目白」駅より徒歩5分

三《さん》康《こう》文化研究所附属 三康図書館

POINT

» 大正・昭和の雑誌や児童書が充実
博文館発行の雑誌「少年少女譚海」から参考書、絵本まで

» 仏教専門書や江戸時代の古書
増上寺も設立に関わり仏教・インド学専門書が特に豊富

» 検閲や災害から守り抜かれた資料
手に取れば図書館職員や読み手の思いが感じられる

庶民の本との関わりと仏教の智慧が築く宝の山

博文館の初代館主・大橋佐平氏が欧米を訪れた際に図書館の必要性を悟り、私費を投じて明治35年に開館した「大橋図書館」が同館の母体。関東大震災での建物焼失、博文館閉館などの苦難を経て守り抜かれた約18万冊の資料が収められており、幅広い年代が利用した同館だけに、その分野は多岐にわたっています。

第二次世界大戦後は、西武鉄道運営のもと、仏教文化の研究を行う三康文化研究所の附属図書館として昭和39年に再開しました。こうした2つのルーツを持っているため、明治～昭和のヒット作や、博文館発行の雑誌・児童書が充実するとともに、『伊能忠敬実測原図』など江戸時代の資料、仏教専門書や絵画までもが揃うユニークな構成が魅力です。ほとんどの資料は実物を手に取ることができ、中には回答した形跡のある入試問題集や、感想が書き込まれた本も。関東大震災での焼失や検閲から守り抜かれた資料の重みと、人々の息づかいを感じます。

戦前の児童向け科学本など、タイトルや背表紙だけでも興味をそそられる本がたくさん

職員が子供向けに書いた詩などが載る『まあるい・てえぷる』や、当時の図書館の雰囲気が感じられる各地図書館の蔵書票のスクラップ帖など

DATA

東京都港区芝公園4-7-4
明照会館1F
03-3431-6073
9:30～17:00
（入館は16:30まで）
休 土・日曜・祝日
¥ 100円
都営大江戸線
「赤羽橋」駅より徒歩5分

教科書の内容を視覚的に理解できるように作られた、「かぐやひめ」教育掛図。小学校の教室の黒板に掛けて使われた

HISTORY

わだつみのこえ記念館

戦没学生の遺稿が生年順に展示されているほか、書籍や映像からも当時の様子をうかがうことができる

DATA

東京都文京区本郷5-29-13 赤門アビタシオン1階　03-3815-8571
13:00〜16:00
休 火・木・土・日曜・祝日　¥ 無料
東京メトロ丸ノ内線・都営大江戸線「本郷三丁目」駅より徒歩7分

学業半ばで戦地に赴いた若者たちの声を聞く

若き学生の遺影が壁に並び、その脇には戦没学生記念像「わだつみのこえ」が。この記念館には、遺稿集『きけ わだつみのこえ』でも知られる、戦没学生の声を伝える資料が収められています。検閲済みの判が押され墨で塗り潰された葉書や、返事を待たず3日に1度家族へ送られた手紙、「これだけあれば病気はなほる」と食べ物をいっぱいに描いた手帳のスケッチ……書籍では伝えきれない当時の現実を、ひとつひとつの資料が語りかけてきます。

1950年から遺族の思いを受け設立に尽力し、戦後60年を経た2006年、念願の開設に至ったこの記念館。戦争が遠い時代になるほどに、その声の重さをかみしめます。

敷地内には本館、新館、2つの蔵があり、建物の特性を生かしながら資料を分けて展示している

CALLIGRAPHY

台東区立 書道博物館

甲骨文字などの資料も実物。『吾輩ハ猫デアル』の挿絵など、中村不折の絵や書も実物が展示されることも

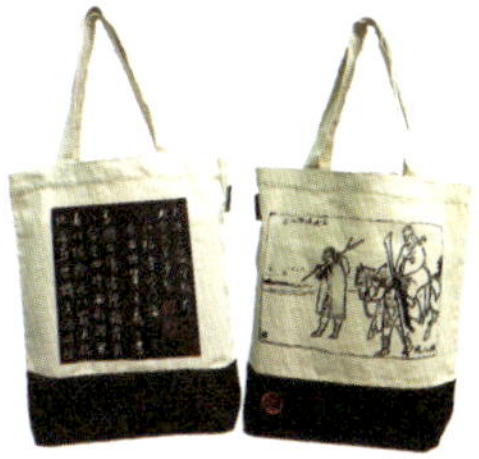

書と西遊記の絵が両面にあしらわれたトートバッグ（1500円）や、拓本クリアファイルなどのグッズがある

DATA

東京都台東区根岸2-10-4　03-3872-2645
9:30～16:30（入館は16:00まで）
休 月曜（祝日の場合は翌平日）　¥500円（小・中・高生250円）
JR山手線・京浜東北線「鶯谷」駅より徒歩5分

書と漢字の歴史を本物の展示資料でたどる

書家であり、洋画家として『吾輩ハ猫デアル』の挿絵も担当したマルチな才能の持ち主、中村不《ふ》折《せつ》のコレクションをもとに設立した博物館。正岡子規とともに日清戦争の従軍記者として中国に渡ったのをきっかけに収集した、1万点超の資料を収蔵しています。年4回の企画展を開催し、紙に墨で書かれた作品だけでなく、石碑や青銅器、仏像などの立体物も数多く展示しているのが特色。

展示物はすべて実物で、漢字の歴史をたどる「漢字の歴史博物館」という側面も持っています。漢字の本場である中国では革命により資料が流出してしまったため、母国で見られない貴重な資料に触れられる場として中国から訪れる人も多いそう。

HISTORY

新宿歴史博物館

内藤新宿が栄えた江戸時代や、昭和初期に関する展示が充実。文学関連では美しい装丁の書籍や草稿などを展示

DATA

東京都新宿区四谷三栄町22　☎03-3359-2131
9:30〜17:30（入館は17:00）まで
休 第2・4月曜（祝日の場合は翌平日）　¥300円（小・中学生100円）
東京メトロ丸ノ内線「四谷三丁目」駅より徒歩8分

近代文学のゆりかごとなった文学の街、新宿区の歴史

この博物館では、新宿区の歴史を縄文時代から順にたどれるようになっています。近代的な大都会というイメージがありますが、実は新宿区ゆかりの文学者は非常に多く、文学に関する展示は特に見どころです。

早稲田大学で教鞭をとり、近代小説の理論を打ち立てた坪内逍遙。新宿区に生まれ、新宿区で最期を迎えた夏目漱石。神楽坂を拠点に硯友社を設立し華麗な文体を披露した尾崎紅葉。近代文学の夜明けは新宿から、といっても過言ではありません。昭和期には落合に林芙美子やプロレタリア文学者も集まりました。単行本や雑誌、原稿（複製）などとともに、文学を街という大きなフィールドで捉えられる場です。

MAGAZINE

大《おお》宅《や》壮《そう》一《いち》文庫

雑誌を原本で閲覧できる。写真は『FRIDAY』創刊号（講談社）。最古の収蔵品は明治8年刊行の『會館雑誌』

DATA

東京都世田谷区八幡山3-10-20　03-3303-2000
10:00～18:00（閲覧受付は～17:15、複写受付は～17:30）
休 日曜・祝日　第2土曜9:45～書庫見学会 ※メールにて要応募
¥ 500円 ※16冊以上の閲覧は10冊ごとに100円
京王線「八幡山」駅より徒歩8分

インターネットも敵わない 79万冊の大衆雑誌

ジャーナリスト・大宅壮一の蔵書を含む膨大な量の雑誌を閲覧できる、日本初の雑誌図書館。特に創刊号は、各時代の最先端の人物が携わり、当時の知識や世相が凝縮されているという考えから、積極的に集められています。その中には休刊した『平凡パンチ』や、現在も人気の『an・an』なども。ぎゅうぎゅうに詰まった木製本棚は1971年開設当初からのもので、雑誌の重みにより多少の揺れではびくともしないそう。

職業ジャンルや「座談」などの記事種類まで指定できる独自の検索システムも素晴らしく、インターネットでも国会図書館でも得られない情報にめぐり会える場所として、文章のプロから厚い信頼を得ています。

相関図でわかる 文豪たちの人間模様

▶大正・昭和編

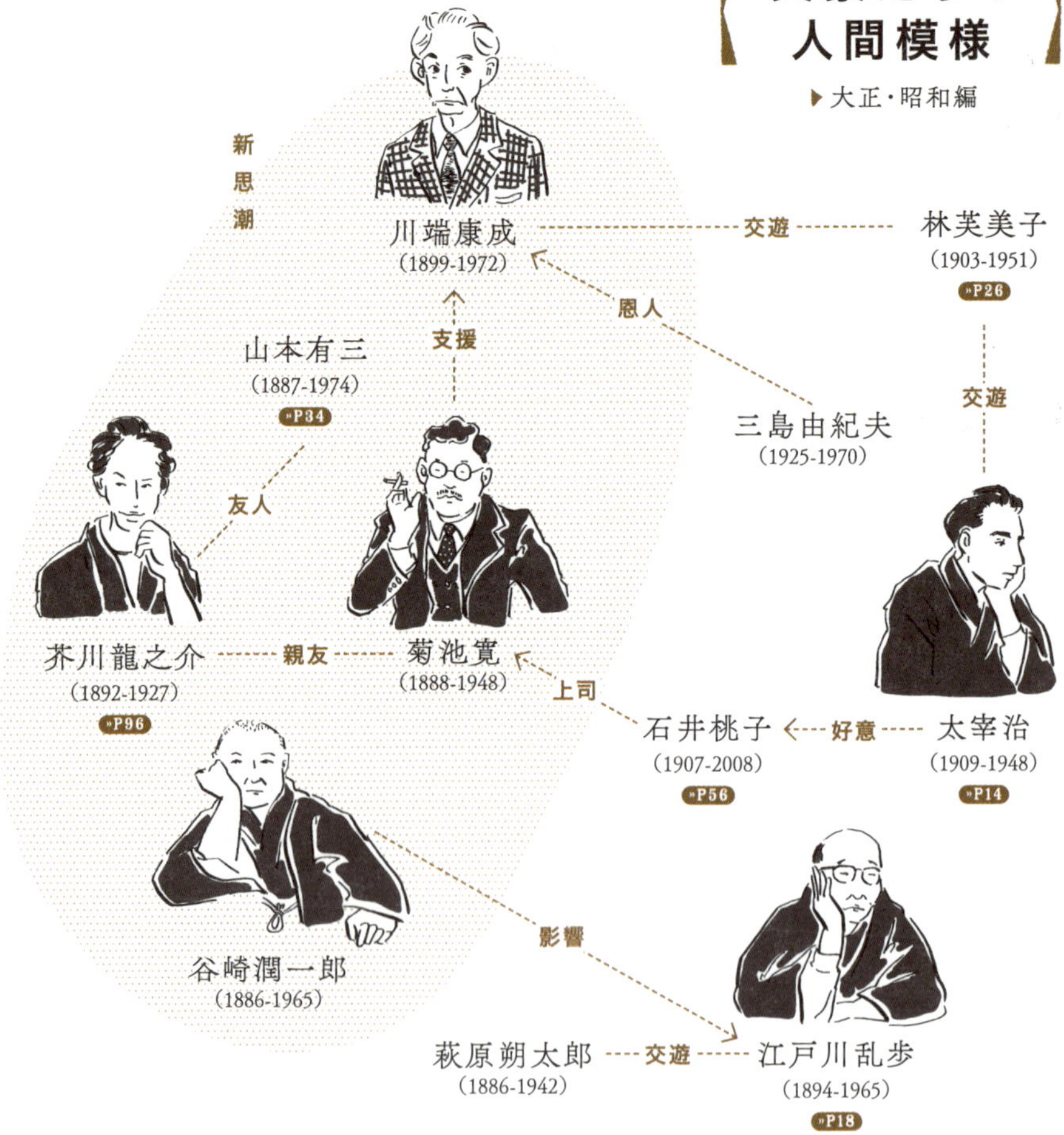

作家たちの交流が ますますにぎやかに

芥川龍之介と、芥川賞を創設した菊池寛は、旧制一高時代からの友人です。二人は、谷崎潤一郎や山本有三などの作家が輩出した雑誌『新思潮』の同人でもありました。のちにはノーベル賞作家となる川端康成も加わり、大正・昭和の文壇は華やかな展開をみせます。

昭和とともに時代を駆け抜けた三島由紀夫は、学生時代からの長きにわたる川端との関係の中で多くの書簡を遺しました。また、昭和に入ると、女性作家の活躍や交友関係も目立ちます。林芙美子は自宅で川端とともに趣味の骨董品を鑑賞するなど、親しく交遊しました。太宰治は林芙美子と交流を重ねたほか、太宰の師匠である井伏鱒二との縁から石井桃子に好意を抱いたという話も、興味深いエピソードです。

CHAPTER

3

親しみやすいジャンルから文学を知る

COMIC

川崎市 藤子・F・不二雄ミュージアム

ちょっと足をのばして

POINT

» 約5万点の漫画原画を収蔵

常時約200枚の原画を展示

» 藤子氏の愛用品を展示

愛用した机や資料のほか、家族愛が感じられる手作り品も

» キャラクターでいっぱいの空間

ドラえもんはもちろん、おなじみのキャラクターたちに会える

藤子氏のやさしさがあふれる空間

『ドラえもん』、『パーマン』、『オバケのQ太郎』などを生み出した漫画家、藤子・F・不二雄氏。氏が長年家族と過ごした川崎市に建つこのミュージアムには、1961年にデビューしてから36年間で生み出された漫画原画のうち、約5万点が収蔵されています。その数は、何十年通い続けてもすべての原画を目にすることができないほどだとか。

氏が主に連載していたのは『コロコロコミック』や『小学一年生』などの少年誌や児童向けの雑誌でしたが、作品に散りばめられたユーモアや知性から大人のファンも非常に多く、子どもだけでなく大人も深く楽しめる展示がなされています。カラー原画のやさしい色づかいや、一コマずつ丁寧に施された修正の跡、そして藤子氏が家族に向けて贈った小さなプレゼント……展示品のすみずみに、いくつもの連載を並行するハードな日々でも変わらず抱き続けた生き物への愛情や、子ども達へのやさしい眼差しが満ちています。

ドラえもんや仲間たちが微笑む「はらっぱ」。森の奥に潜むマニアックなキャラクターを見つけ出すのも楽しい

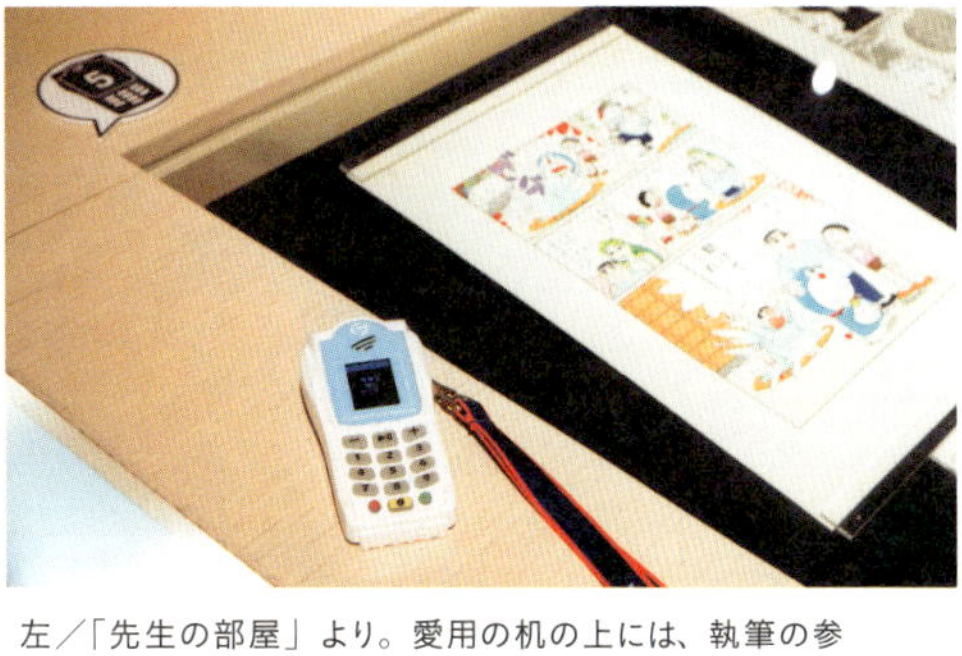

左／「先生の部屋」より。愛用の机の上には、執筆の参考にした資料がズラリ！愛聴した落語のカセットも見どころ
右／表紙カットなどのカラー原画が並ぶ「展示室I」。日・英・中・韓対応の音声ガイドで作品の見方が広がる

「展示室II」ではテーマに沿った企画展示を行う。落ち着いた雰囲気の中、ゆったりと作品に向き合える

モノクロ原稿のタッチのやさしさや、「先生のにちようび」で見られる娘さんたちへのメッセージに心がなごむ

ファン心をくすぐる仕掛けがいっぱい

2階の大きなどこでもドアの向こうに広がるのは、企画展を行う「展示室II」。展示のテーマは、『パーマン』や『コロコロコミック』などひとつの作品や雑誌にフォーカスすることもあれば、『ドラえもん』と『キテレツ大百科』の道具を比較してみたりと、縦横無尽の広がりを見せます。展示原画は常時約200点にのぼり、じっくり読んでいると1日中いられそう。

観賞の合間には、ドラえもんやおなじみの土管に触れられる「はらっぱ」や、展示ごとに新メニューが登場するカフェでひと休み。ここでしか買えないグッズが満載のミュージアムショップも、四次元ポケットがほしくなるほどの充実ぶりです。

漫画コーナーの単行本と展示原稿を比べるのも楽しい。ファンおなじみの「きれいなジャイアン」にも会える

キャラクターや「アンキパン」などの道具をモチーフにしたメニューやグッズに「かわいい!」とため息が

DATA

📍神奈川県川崎市多摩区長尾2-8-1
☎0570-055-245
🕔10:00〜18:00（日時指定・完全予約制・チケット販売はローソンのみ）
休 火曜
¥ 1000円（高・中学生700円、4歳以上500円）
🚌小田急線・JR南武線「登戸」駅より川崎市バスによる直行便（有料）が運行

COLUMN ‖ 自然と共生するミュージアム

ミュージアム建設時のコンセプトは、木を1本も切り倒さないということ。ミュージアムの周りには緑があふれ、「はらっぱ」では自然の小さな生き物がドラえもんやのび太、ピー助たちとともに過ごす姿を見ることができます。自然を深く愛した藤子氏の思いや、のび太たちが遊ぶ裏山の風景を感じながら過ごしてみてください。

ANIMATION

三鷹の森ジブリ美術館

POINT

» 心が豊かになる美しい空間

作品を観たことがない人も楽しめる美しい建物や展示

» アニメの仕組みを伝える展示

アニメーションの仕組みや制作風景を楽しく学べる

» ジブリ作品の背景を知る

スケッチ、背景画、制作資料などのほか企画展示も充実

三鷹の森に潜む迷路のような美術館

井の頭公園の森に溶け込む、どこか不思議な建物。大きなトトロが迎えてくれるこの美術館のキャッチフレーズは、「迷子になろうよ、いっしょに。」。館内には、大人も子どもの頃の気持ちに戻れるような仕掛けがいっぱいです。思わず座ってみたくなるソファ、異空間にワープできそうなアーチ……空間の全てが、自分がジブリ作品の主人公になったようなドキドキ感を与えてくれます。

入館日時指定の予約制のため、いつ訪れてもこの空間を心ゆくまで味わうことができます。

『となりのトトロ』のネコバスや、『天空の城ラピュタ』のロボット兵などのキャラクターに会えるだけでなく、作品を1本も観たことのない人も楽しめる空間が同館の魅力です。ゾートロープなど原始的なアニメの仕組みを紹介する常設展示では、1枚の絵や小さな人形がまるで生きているかのように動き出し、不思議さやはかなさが同居するアニメーションの世界へ誘います。

宮崎駿監督がみずから美術館のデザインを手掛けた。
この建物自体が、新しいジブリ作品のよう

受付で作品のワンシーンをフィルムにしたチケットを受け取り、ジブリの世界へ。どの作品が出るかはお楽しみ

「映画が生まれる場所」より。作品の断片が組み合わされ、どの作品でもあり、どの作品でもない空間に

「世界をつくる所」の背景画や、手描きの「絵コンテとは」など、アニメの裏側を覗けるのも楽しい

子どもも大人も自分の視点で楽しさを見つけられる

アニメーションスタジオをイメージした「映画の生まれる場所」は、ジブリの世界にさらに深く踏み込みます。「イメージボード」と呼ばれる、作品世界を膨らませるためのスケッチで埋め尽くされた部屋には、柔らかな光を放つランプや外国のおもちゃがいっぱい。資料写真や、作品では一瞬しか見られないセル画も必見です。自分がその風景に吸い込まれていくような感覚に包まれます。

また、アニメーション制作の作業を全て手で行っていた時代の資料も見どころです。20世紀のスタジオ風景は、それ自体が1本の作品のよう。ところどころに宮崎駿監督手描きのメッセージがあり、作品を生み出す苦労も喜びも伝わってきます。

ここでしか観られないオリジナル短編が上映される「土星座」。最新作は作画にCGを取り入れた『毛虫のボロ』

左／ロボット兵のいる屋上では草花や小さな虫たちがくつろいでいる
右／子どもだけが入れるネコバス

セル画を塗るための色見本や絵の具のほか、フィルムの仕組みなど上映に関する資料も展示

DATA

📍東京都三鷹市下連雀1-1-83（都立井の頭恩賜公園西園内）
☎0570-055777
🕙10:00～18:00（日時指定・完全予約制・チケット販売はローソンのみ）
㊡火曜
¥1000円（4歳以上100円、小学生400円、中・高生700円）
🚉JR中央・総武線「三鷹」駅より徒歩15分

COLUMN ‖ 宮崎駿監督のおすすめ本も

図書閲覧室「トライホークス」では、宮崎駿監督とジブリ美術館のスタッフがおすすめする絵本や児童書を手に取ることができます。世界のアニメーション関係者や絵本作家とも交流を持つ宮崎監督が、直筆コメントとともにお気に入りの作品を紹介。監督の感覚をちょっとだけ感じられるかもしれません。

DRAMA

早稲田大学坪内博士記念演劇博物館

POINT

» イギリスの劇場を模した建築

キャンパスでもひときわ映える美しい建物が展示室に

» 100万点の演劇関連資料

大きな衣裳だけでなくチラシなどの資料も収集し続けている

» 体験型の資料が豊富

手に取ったり身につけたりできる資料で演劇の世界を体感

歌舞伎から現代演劇、映画やドラマまで

早稲田大学のキャンパス内に、16世紀イギリスの劇場「フォーチュン座」を模して設計された同館は、アジア唯一の演劇専門博物館です。能面や歌舞伎衣裳のほか、台本やチラシなど、およそ100万点を収蔵。その一部が美しい館内に展示されています。ロマンチックなこの建物は、中央を舞台、両翼の窓を桟敷席に見立てたもので、そのまま演劇の舞台として使えるという実用性も兼ね備えているのだそう。

足を踏み入れると、キャンパスのざわめきを忘れるような、クラシックで静謐《せいひつ》な空間が広がっています。まず来館者を迎えるのは、日本の映画・テレビのコーナー。新しく設置された「京マチ子記念特別室」のミニシアターでは古今の名作を常時鑑賞することができます。活動弁士肖像や現代のドラマのポスターといった資料も並び、無声映画、トーキー、そしてテレビへと技術の進化をたどるとともに、映像を作る・観ることの魅力がわかります。

正面舞台の張り出しには「この世はすべて舞台」というシェイクスピア劇の台詞がラテン語で書かれている

中は外観同様にクラシックな雰囲気。展示室は企画展示の内容によってガラリと雰囲気が変わる

坪内博士が未年生まれだったことから、天井にはひつじのレリーフが。愛用品にもひつじモチーフのものがある

『ベルサイユのばら』の衣裳展示も話題に。閲覧室では寺山修司などの演劇の台本も手に取って見られる

体験できる資料で演劇がぐっと身近に

2階に上がると、同館を設立した坪内逍遙《しょうよう》博士が使用した「逍遙記念室」が。壁にぐるりと設けられたケースの中には、文房具などの愛用品や『当世書生《とうせいしょせい》気質《かたぎ》』の単行本などが展示されています。

また、演じる側の目線で楽しめる資料が多いのも魅力です。宝塚や歌舞伎関連の衣裳を間近で見られるほか、能面をかぶったり、デジタル3D化された伎楽面の裏側を自由に覗けたりと、体験型の資料が充実。各部屋で豊富な映像資料を鑑賞できます。閲覧室にはさまざまな演劇ジャンルの図書や、ワープロが普及していなかった時代の貴重な手書き台本も。予備知識がなくても、演劇がぐっと身近に感じられる場所です。

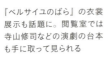

海外の演劇について取りあげた常設展示「世界の演劇 ヨーロッパ・アメリカ」のコーナー

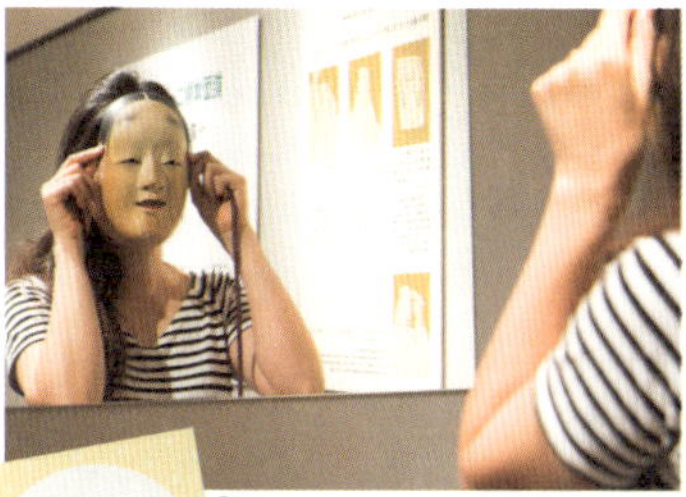

体験型の展示や落語関係の資料など、演劇を身近に楽しめる。能面体験は写真撮影もOK

演劇博物館グリーティングカード（200円）は毎年柄が変わる人気のアイテム。さりげない一言も華やかに

COLUMN ‖ 握手で英語上達&合格祈願

本館向かって左手に建つ坪内逍遙像。台座には、坪内博士を慕う歌人・會津八一の歌が刻まれています。坪内博士はシェイクスピア全集を翻訳したことから、握手すれば英語の成績が上がる&早稲田大学に合格できるとのジンクスがあるとか。今も試験前に願掛けをする受験生や学生が絶えないのだそう。

DATA

- 東京都新宿区西早稲田1-6-1 早稲田大学早稲田キャンパス構内
- 03-5286-1829
- 10:00～17:00（火・金曜～19:00）
- 不定休
- ¥ 無料
- 東京メトロ東西線「早稲田」駅より徒歩7分

MOVIE

国立映画アーカイブ

POINT

» 約8万本のフィルムを収蔵

劇映画だけでなく、国内外の幅広いジャンルの映像を収蔵

» 映画関連資料の収集・公開

雑誌や台本、ポスターだけでなく歴史的な映画機材も目の前に

» 豊富な上映企画

館内ホールでの有料上映で貴重な映画が観られる

映画がもっと好きになる！
国内最大の映画アーカイブ

日本唯一の国立の映画専門機関「国立映画アーカイブ」は、「東京国立近代美術館フィルムセンター」を前身とし、国内外約8万本のフィルムと、80万点以上の関連資料を収蔵。劇映画のみならず、廃棄や散逸のおそれがある作品も積極的に収集した結果、ニュース映像や個人撮影の作品など、コレクションのジャンルも多岐にわたっています。この先も映画を変わらず鑑賞できるよう、フィルムの収集や修復と同時に、次世代の観客や作り手の育成につながるよう、若い世代に向けた企画にも力を入れています。映画を勉強したい人に向けた研究員の解説付き上映、映画ポスターをアートとして観る展覧会など、映画や関連資料を単純に見せるだけではない試みが魅力的。

常設展示では、立体資料や映像も交えながら日本映画の歴史を紹介。解説は日英中韓の4ヶ国語、月末の金曜は開館時間を20時まで延長するなどの工夫にも、広く映画を届けたいという思いが込められています。

常設展示には撮影機や映写機も。映画の附属物としてではなく、映画資料そのものを楽しめる展示に努めている

左／昭和初期に製作された、『のらくろ万歳』のレフシー紙フィルム。レトロな色づかいもかわいらしい
右／日本初の長編カラー映画『カルメン故郷に帰る』や、特撮の名作『ゴジラ』。フォントデザインにも時代を感じる

東映動画『アンデルセン物語』でキャラクター設定を伝えるため使われたマケット人形。美術品としても楽しめる

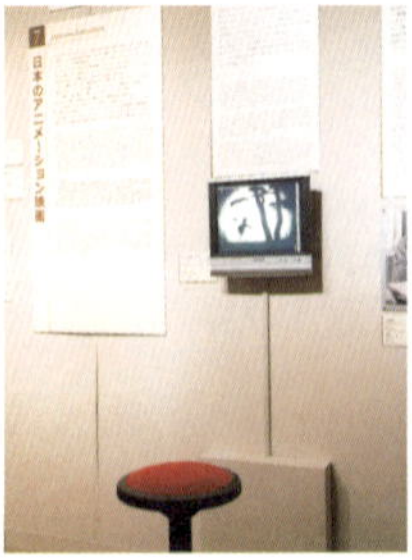

左／日本のアニメーション映画の発展に関するコーナーも。映像は座って見ることもできる
右／日本最初期のアニメ『なまくら刀（塙凹内名刀之巻）』［デジタル復元・最長版］（1917年、幸内純一監督）
画像提供：国立映画アーカイブ

貴重な国内外の映画を展示と上映で楽しめる

同館では、映画や資料を収集し保存するだけでなく、積極的な公開も行っています。例えば常設展示においても、16㎜映写機を自動映写できるよう改造し、戦前の著名弁士の語りとともに、日本映画の歴史を学べる作品をフィルムで観られるのも見どころのひとつ。

また、館内の2つのホールで行われる企画上映も見逃せません。日本映画だけでなく、スウェーデンやロシアといった外国の作品やドキュメンタリー映像にも力を入れています。映画フィルムの発掘・復元も行っており、DVD化されていない貴重な映画も数多く上映。映画ファンもそうでない人も、ここに来ればもっと映画が好きになるはず！

4階の図書室では映画関係の書籍や雑誌が読める。蔵書は4万8000冊にも及び、海外の映画雑誌も公開

左／「長瀬記念ホール OZU」と「小ホール」にて、貴重なフィルムを有料上映。無声映画にも力を入れている
右／現在使用している印象的な建物は、「東京国立近代美術館フィルムセンター」時代の1995年に建てられたもの

DATA

東京都中央区京橋 3-7-6
03-5777-8600（ハローダイヤル）
11:00〜18:30（入室は18:00まで）
※例外あり ※図書室は12:30〜
休 月曜
¥ 250円（大学生130円、シニア･高校生以下は無料）
東京メトロ銀座線「京橋」駅、または都営浅草線「宝町」駅より徒歩1分
※映画上映時間･料金はHP参照

COLUMN ‖ 映画をイメージした建築

現在の建物を設計したのは「ソニービル」などの設計で知られる芦原義信氏。都市と建築、外部と内部のつながりを追及した氏らしく、ガラスが多用されたファサードによって映画の光がみちた空間がイメージされています。さらに内装でも、一階の床のタイル、案内の立て看板など、随所に使われたフィルムのモチーフが印象的。

COMIC

少女まんが館

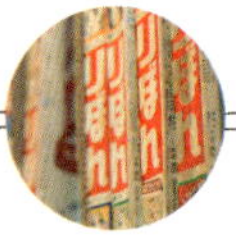

POINT

» 少女漫画の単行本と雑誌6万冊が揃う

寄贈により集められた2000年頃までの少女漫画を閲覧できる

» 読書に没頭できるおだやかな空間

テーマカラーの水色と木の家具に心が落ち着く

» 雑誌のふろくも収蔵

少女漫画雑誌のふろくも手に取って見られる

少女漫画の愛に包まれる 土曜の午後限定の楽しみ

2階建ての民家のような建物に、少女漫画がぎっしり。足を踏み入れた瞬間、圧倒的な量のあざやかな表紙に胸がときめきます。全国から寄贈された6万冊以上のコレクションにくわえ、貴重な雑誌付録までもが無料で自由に閲覧できるという夢のような空間です。

同館では、1950~80年代を中心に、2000年頃までの作品の収集を続けています。単行本に収録されず埋もれてゆく作品も残すべく、漫画雑誌の収集・保存に努めているのが特徴。『週刊マーガレット』、『別冊マーガレット』、『週刊少女フレンド』などは、創刊からほぼ全ての号が揃うという充実ぶりです。年に1~2回、特定の作家・作品をテーマにしてディープに語り合うイベント「小さな茶話会」も開催、同好の士が集う場ともなっています。館主の中野純・大井夏代夫妻との交流も楽しく、コレクターのお宅にお邪魔するようなアットホームな雰囲気に、何度も足を運びたくなるはず。

FREE

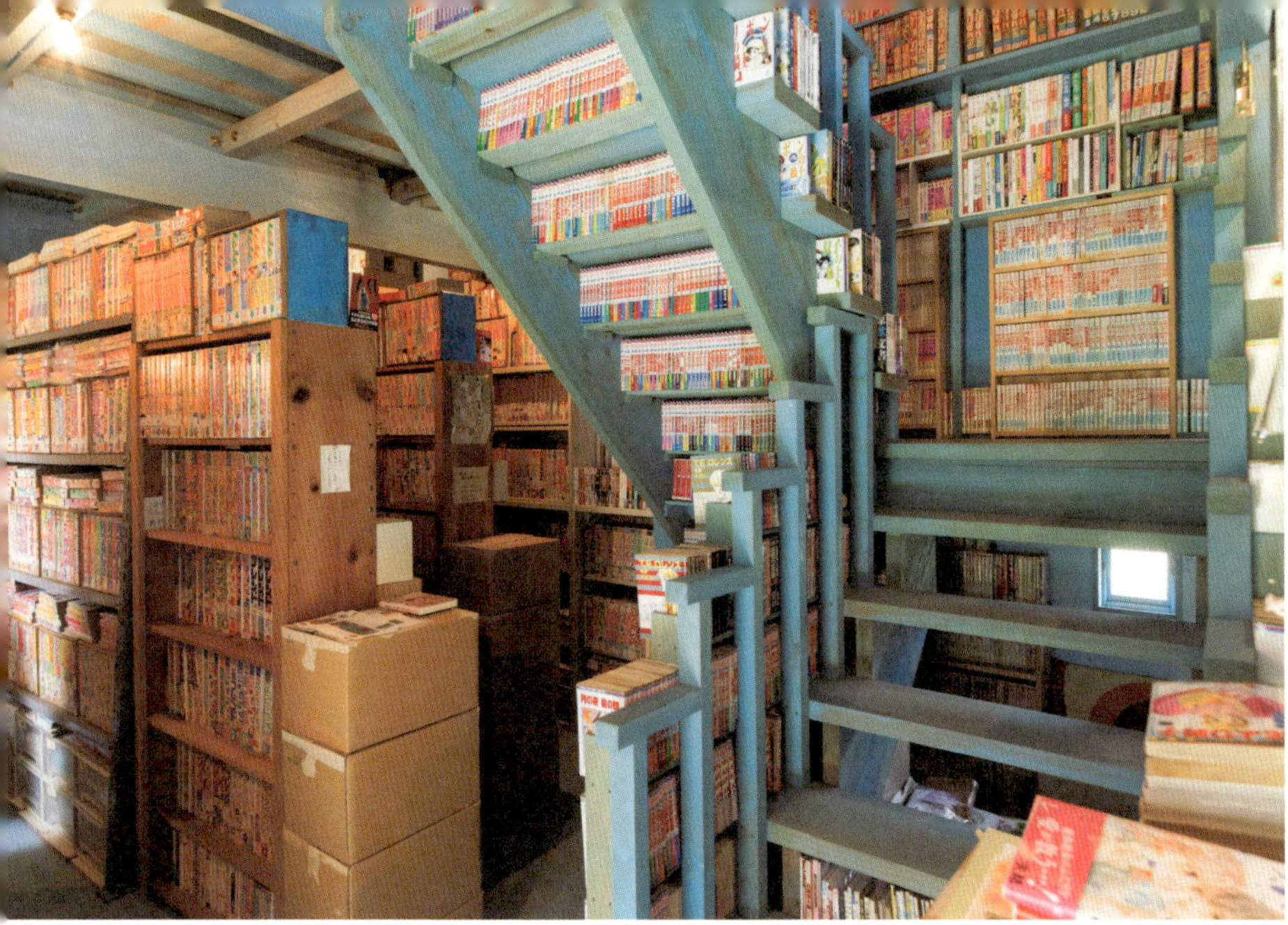

セルフビルドも行うエンドウキヨシ氏が設計を担当。水色の什器に、ピンク色の表紙があざやかに映える

1階はコミックスと雑誌、2階は雑誌が中心。蔵のように開口部を小さくし、資料の保存性を高めている

お菓子の家みたいに少女漫画に埋もれたい! という思いが同館のスタート。レトロな雰囲気の閲覧室でくつろげる

DATA

東京都あきる野市網代155-5
13:00～18:00
休 4～10月までの毎土曜日のみ開館
※予約制
¥ 無料
JR五日市線「武蔵増戸」駅より徒歩15分

表紙に描かれた服装を見比べると、時代ごとのファッションや流行の流れが見えてくるのも面白い

COMIC

青梅 赤塚不二夫会館

POINT

» 不滅の人気キャラクターに会える場

主人公や名脇役たちがカラーパネルや立体像で大集合

» 作品の幅広さを伝える原画（複製）

笑いだけでなく、愛らしさやシュールさも赤塚作品の魅力

» ユニークな人柄や幅広い交友関係

タモリ氏など文化人との幅広い交流がうかがえる写真展示も充実

温かな昭和レトロの街で キャラクターが元気をくれる

『天才バカボン』や『ひみつのアッコちゃん』などで知られる赤塚不二夫氏は、シュールなギャグや漫画の枠を飄々と壊していく作風で、同時代の漫画家たちに大きな影響を与えています。漫画家になる前に映画看板製作をしていた縁から、昭和の懐かしい街づくりを進める青梅市住江町商店街にこのミュージアムが誕生。そんな経緯もあって、難しいこと抜きで元気なキャラクターたちと触れ合える空間づくりが特徴です。バカボンのパパはもちろん、イヤミやウナギイヌなど、時期ごとにさまざまなキャラクターをフィーチャーした展示が楽しめます。

　また、お茶の間を捉えて離さなかった破天荒な人生やユニークな人柄も見どころです。2階には、愛用した机がさりげなく置かれているほか、漫画家の集まるトキワ荘で石ノ森章太郎氏や藤子不二雄氏らと肩を並べていた時代をイメージしたコーナーも。写真の展示も多く、実はとってもハンサムな素顔にも驚くはず！

人気キャラクターと文化人との交流がうかがえる写真が同居する館内。トキワ荘コーナーにはバカボンのパパが　©赤塚不二夫

売店では手ぬぐい（1300円）のほか付箋などの文房具がたくさん揃う。青梅みやげやコミックスも豊富

木造の外科医院がミュージアムに生まれ変わった。町一帯がこのように昭和のムードを取り入れている

DATA

- 東京都青梅市住江町66
- 0428-20-0355
- 10:00～17:00
- 休 月曜（祝日の場合は翌平日）
- ¥450円（小・中学生250円）
- JR青梅線「青梅」駅より徒歩5分

立川まんがぱーく

POINT

» 約4万冊の漫画が読み放題

少年誌、少女雑誌の作品のほか、青年誌掲載の名作も読める

» 自宅のようにくつろげる閲覧室

靴を脱いであぐらをかいたり寝転んだりしながら過ごせる

» 飲食しながら読んでもOK

飲食物の持ち込みができるほか、軽食やドリンクの販売も

子どもも安心できる空間で名作漫画が読み放題！

「聖☆おにいさん」をはじめ数々の漫画やアニメ作品の舞台となり、聖地として訪れる人も多い立川市にオープンした、漫画施設。旧市庁舎を改装して生まれた明るく開放的な空間には、毎月約３００冊のマンガが入庫しており、開架式の約４万冊の蔵書を自由に閲覧できます。誰もが知る往年の名作のほか、現代の人気作品もセレクトされているのが特徴。一般の地域図書館とは違った現代的なラインナップが魅力です。

昭和の民家をイメージした館内は、ほとんどのエリアが畳敷き。本棚や押入れのような木製の読書スペースには、自宅のようにくつろいで漫画を読んでほしいという思いが込められています。お菓子やジュースなどの持ち込みも可能で、寝転がって漫画を読んでもＯＫ！　主に子ども向けに、プロの漫画家のイベントやお泊まり会も開催されています。漫画好きの友達の家に来たような気分で、子どもも大人も夢中になれる場所です。

靴を脱いで上がる、隠れ家のような閲覧スペース。半個室も用意され、読む場所によって違った気分が味わえる

絵本コーナーには約1500冊の絵本が。授乳室やキッズトイレもあり、安心して読み聞かせができる

DATA

東京都立川市錦町3-2-26　立川市子ども未来センター 2F
042-529-8682
月～金曜 ／10:00～19:00
土・日曜・祝日 ／10:00～20:00
定休日なし
¥ 400円（小・中学生200円）
JR南武線「西国立」駅より徒歩7分

入口に描かれたのらくろの単行本も所蔵。「食・料理」などのジャンル別陳列で新たな作品に出会える仕掛け

COMIC

明治大学 現代マンガ図書館

POINT

» 18万点の漫画や関連資料

約9万冊の膨大な単行本だけでなく雑誌のバックナンバーも豊富

» 少年・少女誌から青年誌まで揃う

『冒険王』などの古い少年誌や『まんがタイム』などの青年誌も

» 昭和30〜40年代の貸本漫画が充実

設立者が貸本屋を営んでいたこともあり、入手困難な資料が揃う

漫画で埋め尽くされたロマンあふれる秘密基地

漫画家を目指し、高校在学中に貸本屋「山吹文庫」を営んでいた内記《ないき》稔夫《としお》氏のコレクションを閲覧できる日本初の漫画専門図書館。氏が50年以上にわたり収集した18万点以上の資料を収蔵し、1978年に設立されました。棚に収まり切らず本が床に積み上がる古書店のような館内は、まさに宝の山。閲覧室は8席という小さな図書館は、大人の秘密基地のようなワクワク感でいっぱいです。

入館後、手書きのリストから読みたい本を選び、閉架式の書庫に収められた漫画を1冊100円で館内で読めるというシステム。年1回、収蔵資料の中から「長編漫画」「グルメ漫画」などのテーマで企画展も行っています。

友の会会員になれば、昭和45年以前の漫画も閲覧できます。昭和30年代に発行された貸本漫画は特に充実している資料のひとつ。古書業界で数千円以上の値がつく貴重本さえも100円で手に取って読むことができる、貴重な場です。

書庫に収まらず閲覧室にもあふれる漫画の山。当時のままの表紙や装丁で読むことができるのも魅力

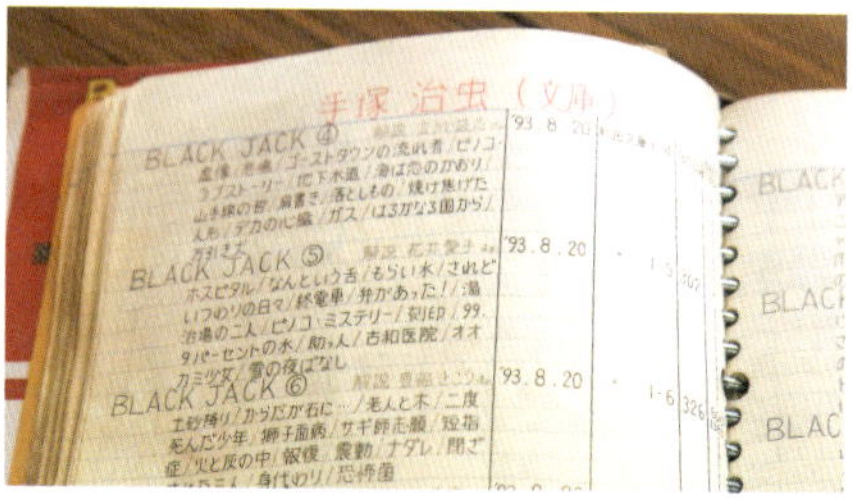

左／単行本未収録の作品を読んだり、連載時と単行本での修正を見比べたり、楽しみ方は人それぞれ
右／40年前から使われているリスト。スタッフの手書きで美しくまとめられており、思わず読んでみたくなる

DATA

東京都新宿区早稲田鶴巻町565
ビルデンスナイキ2階
03-3203-6523
12:00〜19:00（入館は18:30まで）
休 火・金曜
¥300円（中学生以下200円、閲覧料一冊100円）
東京メトロ有楽町線
「江戸川橋」駅より徒歩5分

『少年ジャンプ』などの有名漫画雑誌の多くは創刊号から大部分が揃っている

©集英社／少年ジャンプ創刊号

©集英社／週刊マーガレット 1973年8月5日号

©集英社／りぼん1990年3月号

ART

長谷川町子美術館

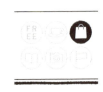

POINT

» 長谷川姉妹が集めた美術品を展示

約800点の美術品を、季節などのテーマのもとに公開する

» 約1万点の漫画原画

町子作品の中からコレクション展にあわせて選ばれたものを展示

» アニメ『サザエさん』に関する展示

毎年夏、通常は美術品を展示するスペースも使って展示を行う

『サザエさん』作者の集めた美術品に触れる

『サザエさん』作者としておなじみの長谷川町子氏。この美術館は、挿絵画家として活躍した姉・毬子氏とともに収集した美術品を、大勢の人と分かちあうため設立されました。学生時代から、作者の名前に捉われず自分の感性に従って美術を鑑賞していた町子氏。『サザエさん』ヒット以降同じように美術品を楽しみながら、姉とともに買い集めていきました。約800点の美術品は日本画、洋画、ガラス、陶芸など多岐にわたり、年4回のコレクション展でじっくり鑑賞することができます。

常設の「町子コーナー」では、『サザエさん』や『いじわるばあさん』などの原画や、趣味で製作した焼き物などを展示しています。全館を使って夏に開催される「アニメサザエさん展」も見どころです。

ミュージアムによくある「順路」の表示がないのは、自由にいろいろな角度から見てほしいという思いから。町子氏と同じように、自分の目と心で鑑賞してみたくなります。

美術館は40年住み続けた桜新町に建つ。吹き抜けになった館内では、さまざまな角度から美術品を鑑賞できる

左／「町子コーナー」にある磯野家の間取り模型。アニメを見て想像していた間取りと比べるのも面白い
右／外観は、折り紙をイメージして作られている。外壁のでこぼこしたレンガは自ら試作品を作りオーダーしたそう

DATA

東京都世田谷区桜新町1-30-6
03 -3701-8766
10:00〜17:30
（入館は17:00まで）
休 月曜（祝日の場合は翌平日）
¥ 600円（小・中学生400円、高・大学生500円）
東急田園都市線
「桜新町」駅より徒歩7分

原画のグッズはここでしか買えないものばかり。サザエさん型クリップ（500円）やハンカチ（550円）など

COMIC

明治大学 米沢嘉博記念図書館

1階では年3回の企画展示も実施。資料の多くは閉架式だが、自由に閲覧できる開架式のものも数千冊に及ぶ

DATA

東京都千代田区神田猿楽町1-7-1　03-3296-4554
月・金曜／14:00～20:00、土・日曜・祝日／12:00～18:00
(会員登録と閲覧・複写申込は閉館30分前まで)　休 火・水・木曜
¥ 1階展示は無料。2階での閲覧は1日300円（要身分証明書）
JR中央・総武線「御茶ノ水」駅より徒歩7分

FREE

サブカルチャーの歩みを辿る

同館は、コミックマーケット創立者として知られる漫画評論家、米沢嘉博氏の約14万冊にのぼる蔵書の寄贈により設立された図書館です。戦後のものを中心とした漫画雑誌や単行本だけでなく、同人誌やコミックマーケット関連資料など、幅広いジャンルをカバーしています。

1階では、漫画およびサブカルチャー関連資料がいくつものケースに分けて収められ、時代やジャンルを横断しながら、漫画をさまざまな角度から捉えるヒントを与えてくれます。また、企画展示にあわせ開催するトークショーも見どころ。過去には江口寿史氏や日野日出志氏など人気の漫画家が名を連ねており、目が離せません。

日本のアニメーションは大正6年に始まる。進化するテレビやなつかしいキャラクターとともに年表を楽しもう

ANIMATION

杉並アニメーションミュージアム

創作の裏側をのぞける展示や、パラパラマンガ形式でアニメ製作を体験できるコーナーなど、体験型の展示も

DATA

東京都杉並区上荻3-29-5 杉並会館　☎03-3396-1510
10:00〜18:00（入館は17:30まで）
休 月曜（祝日の場合は翌平日）　¥ 無料
JR中央・総武線「西荻窪」駅より関東バス「荻窪警察署前」下車徒歩2分

FREE

100年にわたる日本のアニメの歴史をたどる

フェナキストスコープ、ゾートロープなどアニメの原理を体感できる装置や、1917年から現代に至る日本のアニメの歴史が常設展示されているミュージアム。年3〜4回、特定の作品や作家などにテーマを絞った企画展示が行われるほか、DVDやアニメ関連書籍が自由に見られます。

ぜひ注目したいのは、『鉄腕アトム』の制作や『機動戦士ガンダム』シリーズを手掛けた監督・富《とみ》野《の》由《よし》悠《ゆ》季《き》氏らの机を再現したコーナー。アナログな資料のファイルやストップウォッチなどが並び、アニメが人の手で作られていることを実感します。デジタル作画が当たり前の現代だからこそ、訪れてみたい場所です。

THEATER

松竹大谷図書館

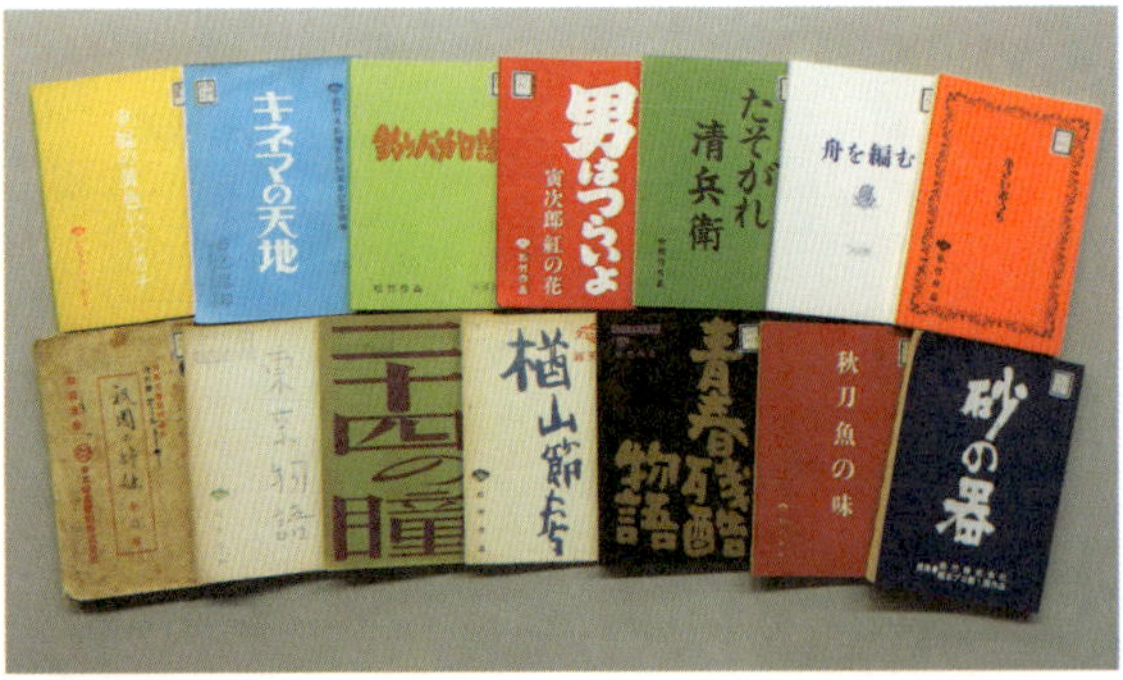

クラウドファンディングにより生まれた「組上燈籠絵」ペーパークラフト、ブックカバーなどグッズも魅力的

DATA

東京都中央区築地1-13-1 銀座松竹スクエア3階　03-5550-1694
10:00〜17:00
休 土・日曜、祝日、毎月最終木曜　¥ 無料
東京メトロ日比谷線、都営浅草線「東銀座」駅より徒歩1分

FREE

寅さんから歌舞伎まで演劇・映画の本当の姿に出会える

双子の兄とともに松竹株式会社を創業した大谷竹次郎の文化勲章受章を記念し、昭和31年に設立された図書館。幕末期から興行中の作品まで47万点超の資料が閉架式で収蔵されています。演劇と映画の台本やスチール写真、ポスター、プレスシートなど貴重な資料が閲覧できます。

松竹映画については制作各段階の台本が揃った作品が多く、お気に入りの映画の幻の場面に出会えるかもしれません。過去作を観ることが叶わない舞台を台本や写真で追えるのも魅力。2ヶ月毎に所蔵資料展示を行うショーケースは、前歌舞伎座建て替えの際に譲り受けたもので、ケース自体も貴重な展示品のひとつです。

ART

静嘉堂文庫・静嘉堂文庫美術館

丘の上という立地、大きな貯水池、この周囲の樹木。美しい環境は文化財を火災から守るためのものでもある

美術館で開催される年4～5回の展覧会では、さまざまな切り口から東洋の美術品を一般向けに公開

DATA

東京都世田谷区岡本2-23-1　03-5777-8600（ハローダイヤル）
10:00～16:30（入館は16:00まで）　休 月曜（祝日の場合は翌平日）※展覧会期間以外は休館　¥ 1000円 ※「静嘉堂文庫」は一般非公開
東急田園都市線「二子玉川」駅より東急コーチバス「静嘉堂文庫」下車徒歩5分

緑豊かな庭園の中で目を覚ます東洋の美

静嘉堂文庫は、三菱第2代社長岩崎彌之助と第4代社長岩崎小彌太の父子により、急速な西欧化の中、東洋固有の古典籍や美術品を守るべく明治25年に設立されました。中国最古の詩篇『詩経』にある「静嘉」を名に冠し、中国においても稀少な南宋時代や元時代の版本など、20万冊の書籍を研究者に公開しています。

文庫創設１００周年を迎えた平成4年には、静嘉堂文庫美術館が完成。星空のような輝きを見せる「曜変天目」などの国宝7点、重要文化財84点を含むコレクションが広く公開されることとなりました。維新後の激しい時代変化を経て、これだけの文化財が残されている意義をかみしめながら、訪れたい場所です。

ART

講談社野《の》間《ま》記念館

緑に囲まれた建物は元社長邸を利用。庭に植えられた四季折々の花木をゆったり眺めるのも楽しい

DATA

東京都文京区関口2-11-30　☎03-3945-0947
10:00～17:00（入館は16:30まで）
休 月・火曜（祝日の場合は水曜以降）
¥500円（中・高・大学生300円）
東京メトロ有楽町線「江戸川橋」駅より徒歩10分

日本の近代美術と出版文化資料の宝庫

2000年に講談社創業90周年事業の一環として設立された美術館。講談社創業者・野間清治が、多くの美術家から収集した美術品を、緑豊かな敷地で公開しています。

　年5回の収蔵品展では、横山大観をはじめ、川合玉堂、竹内栖鳳ら近代日本画家の作品を中心としたコレクションを展示。画家に直接依頼した6000点の色紙「十二ヶ月図」も、日本画展示の見どころです。

　また、墨色と豊かな色彩感覚を融合させた村上豊氏の作品群は、雑誌『小説現代』の表紙原画ほか4万点に及びます。戦前の雑誌の表紙絵、口絵、挿絵の原画や付録などの出版文化資料も多く、出版社ならではの魅力にあふれています。

ART

永青文庫

建物は旧細川侯爵家の事務所として昭和初期に建設されたもの。木製の展示ケースや調度品に歴史を感じる

DATA

- 東京都文京区目白台1-1-1
- 03-3941-0850
- 10:00〜16:30（入館は16:00まで）
- 休 月曜
- ¥800円（70歳以上600円、高・大学生400円）
- JR山手線「目白」駅より都営バス「目白台三丁目」下車徒歩5分

文学の薫り高い名家 細川家の至宝を伝える

文学とゆかりの深い細川家の屋敷跡に建つこの美術館は、志賀直哉・武者小路実篤らと学習院の同期生であり、『白樺』を資金面でも支えた16代・細川護立《もりたつ》によって、細川家伝来の文化財を守るべく設立されました。エレガントな建物と豊かな緑が、訪れる人をやさしく迎えます。

コレクションの中には、細川家に伝わる名刀「太刀 銘『豊後国行平作』」や中国・戦国時代の鏡「金銀錯狩猟文鏡」などの国宝8点のほか、初代・細川幽斎が筆写した『源氏物語』、金砂子をまいた『伊勢物語歌かるた』などの典雅な文学資料も。大名・細川家の700年に及ぶ歴史、文化を今に伝える美術館です。

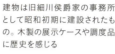

東京文学館MAP

北千住
吉村昭記念文学館（P50~）
三ノ輪
台東区立一葉記念館（P22~）
池波正太郎
記念文庫（P58~）
浅草
浅草
東京都江戸東京博物館（P106~）
亀戸
両国
錦糸町
西大島
森下
江東区芭蕉記念館（P66~）
江東区砂町文化センター
石田波郷記念館
（P75）
東陽町

馬込
大田区立
山王草堂記念館
（P62~）
大田区立
尾崎士郎記念館
（P60~）
大森

東京ゲーテ記念館(P70~)
西ヶ原
ミステリー文学資料館(P98~)
要町
旧江戸川乱歩邸
(立教大学大衆文化研究センター)
(P18~)
池袋
田端文士村記念館
(P96~)
駒込
田端
東洋文庫ミュージアム(P82~)
台東区立
書道博物館
(P117)
千石
千駄木
学習院大学史料館(P112~)
目白
文京区
石川啄木終焉の地歌碑・顕彰室
(P73~)
文京区立
森鷗外記念館
(P10~)
新宿区立
林芙美子記念館(P26~)
茗荷谷
中井
講談社野間記念館(P152)
わだつみのこえ
記念館 (P116)
上野
永青文庫
(P153)
明治大学
現代マンガ図書館
(P144~)
高田馬場
早稲田大学坪内博士
記念演劇博物館
(P130~)
江戸川橋
本郷三丁目
早稲田
文京
ふるさと歴史館
(P102~)
公益社団法人
俳人協会・
俳句文学館
(P108~)
新宿区立
漱石山房記念館
(P6~)
御茶ノ水
飯田橋
大久保
明治大学米沢嘉博記念図書館(P148~)
阿久悠記念館(P68~)
曙橋
国立公文書館
(P110~)
竹橋
新宿
新宿歴史博物館
(P118)
東京
相田みつを美術館(P42~)
国立映画アーカイブ(P134~)
ラスキン文庫 (P72)
東銀座
東洋英和女学院 学院資料・
村岡花子文庫展示コーナー
(P54~)
新橋
日本近代文学館(P78~)
松竹大谷図書館
(P150)
渋谷
三康文化研究所附属
三康図書館 (P114~)
白根記念
渋谷区郷土博物館・文学館
(P104~)
麻布十番
赤羽橋

ちひろ美術館・東京(P38~)
上井草
杉並アニメーションミュージアム(P149)
太宰治文学サロン(P14~)
東京子ども図書館
石井桃子記念
かつら文庫(P56~)
三鷹
吉祥寺
西荻窪
荻窪
三鷹市
山本有三記念館(P34~)
三鷹の森
ジブリ美術館
(P126~)
賀川豊彦記念
松沢資料館(P74)
芦花公園
明大前
上北沢
世田谷文学館
(P86~)
大宅壮一文庫(P119)
仙川
つつじヶ丘
蘆花恒春園(P64~)
調布市
武者小路実篤記念館
(P30~)
豪徳寺
長谷川町子美術館(P146~)
桜新町
静嘉堂文庫・静嘉堂文庫美術館
(P151)
登戸
二子玉川
川崎市
藤子・F・不二雄ミュージアム(P122~)

青梅赤塚不二夫会館(P140~)
奥多摩
青梅
少女まんが館(P138~)
武蔵増戸
拝島
立川まんがぱーく
(P142~)
立川
西国立
分倍河原
八王子
府中市郷土の森博物館
村野四郎記念館
(P52~)
町田市民文学館ことばらんど(P100~)
町田
海老名
大船
鎌倉文学館(P90~)
鎌倉
由比ヶ浜
星の王子さまミュージアム
箱根サン＝テグジュペリ(P46~)
強羅
小田原
小田原文学館(P94~)
箱根湯本
熱海

文学館をもっと味わう方法

1
手書き文字を見比べる

原稿の文字の勢いが年代や著作によって変わったりと、手書き文字からは作者の気持ちまでも伝わってきます。中には原稿と手紙とで筆跡がまったく違う人物も。宛名に添える敬称や、ラインに揃えてきっちり書かれた創作ノートなど、活字には残されない思いや人柄に思いを馳せてみては。

2
ガイドツアーに参加してみよう

学芸員さんやボランティアの方によるガイドツアーには、ぜひ参加してみて。作家のエピソードだけでなく、資料の見方や、展示にまつわるエピソード、作家の家族と交流した際のエピソードなど、研究書にも書かれていないお話が聞けることも! 日時限定のことが多いので、お出かけ前に確認を。

3
夏休みや作家の命日付近に訪問

夏休みには子ども向けに入門的な展示や作家の生涯を俯瞰できる企画展が行われることが多く、初めての施設を訪れるのにおすすめの期間です。また、作家が亡くなった月には、普段見られない貴重な資料を公開したり、普段レプリカで展示されているものを実物で展示したりする文学館もあります。

4
長袖&靴下で出かけよう

庭園を生かした施設や、公園を併設した施設も多いので、夏は虫よけ対策をしておくと落ち着いて鑑賞できます。また、資料保護のため室温が低く設定されていることが多いので、上着も用意しておくとベター。旧居施設など靴を脱いであがる場所もあるので、靴下やストッキングを履いていくと安心です。

5
展示替えも楽しもう

光や湿度などから資料を守るため、多くの資料は、定期的に展示替えされます。「収蔵」「常設」とあっても展示物は定期的に変わるため、必ず見たい資料がある場合は、事前に電話などで施設に確認するのがおすすめ。逆に言えば、同じ文学館も、行くたびに違った資料が見られるという楽しみがあります。お気に入りの文学館に、ぜひ何度も足を運んでみてください。

［画像提供］
新宿区立漱石山房記念館
立教大学江戸川乱歩記念大衆文化研究センター
星の王子さまミュージアム　箱根サン＝テグジュペリ
荒川区立ゆいの森あらかわ（吉村昭記念館）
蘆花恒春園サービスセンター
東洋文庫ミュージアム
鎌倉文学館
国立公文書館デジタルアーカイブ
学習院大学
台東区立書道博物館
国立映画アーカイブ
長谷川町子美術館
松竹大谷図書館
講談社野間記念館

撮影：遠藤麻美
デザイン・DTP：chichols
地図製作：ユニオンマップ
イラスト：オカヤイヅミ
印刷・製本：図書印刷

フリーライター

増山かおり

1984年、青森県七戸町生まれ。早稲田大学第一文学部人文専修卒業。月刊『散歩の達人』、高円寺タウンマガジン『SHOW-OFF』などでカルチャー、街歩き、食などに関する記事を中心に執筆。著書に『東京のちいさな美術館・博物館・文学館』(小社刊)、『東京のちいさなアンティークさんぽ レトロ雑貨と喫茶店』(小社刊)、『JR中央線あるある』(TOブックス)。

死ぬまでに
一度は訪ねたい
東京の文学館

2018年11月21日　初版第1版発行

著者　増山かおり

発行者　澤井聖一
発行所　株式会社エクスナレッジ
http://www.xknowledge.co.jp/
〒106-0032
東京都港区六本木7-2-26

問合せ先　編集　TEL:03-3403-1381
Fax:03-3403-1345
info@xknowledge.co.jp
販売　TEL:03-3403-1321
Fax:03-3403-1829